斎藤茂吉

Saito Mokichi

小倉真理子

コレクション日本歌人選018
Collected Works of Japanese Poets

笠間書院

『斎藤茂吉』——目次

凡　例

一、本書には、大正・昭和時代の歌人斎藤茂吉の歌四十八首を載せた。
一、本書は、詠歌の背景まで掘り下げることを特色とし、茂吉の波瀾に富んだ人生に迫ることに重点をおいた。
一、本書は、次の項目からなる。「作品本文」「出典」「口語訳」「鑑賞」「脚注」「略歴」「略年譜」「筆者解説」「読書案内」「付録エッセイ」。
一、テキスト本文は、主として斎藤茂吉全集に拠り、適宜読みやすくした。
一、鑑賞は、基本的には一首につき見開き二ページを当てたが、重要な作には特に四ページを当てたものがある。

斎藤茂吉

01

ひた走るわが道《みち》暗ししんしんと堪《こら》へかねたるわが道くらし

【出典】初版『赤光』所収（大正二年）「悲報来」中。

ひたむきに走り続ける夜更けのこの道は底知れず暗い。悲嘆に堪え切れずに走る自分の道のなんと暗いことか。

歌集中、作品のタイトルに使われている「悲報来《ひほうらい》」とは、悲しい知らせの到来を意味する。恩師である*伊藤左千夫《さちお》が死去したという知らせを旅先である信濃上諏訪《かみすわ》の旅館で聞いた作者は、旅館近くに住む*アララギ派同人*島木赤彦に伝えるべく深夜の夜道をひたすらに走ったのである。予想だにしていなかった訃報《ふほう》に接した折の衝撃が全面に漲《みなぎ》っている。一首の中で「わが道暗し」の表現は第二句と結句とで二回繰り返されている。この暗さは、深夜の

【詞書】七月三十日信濃上諏訪に滞在し、一風呂浴びて寝ようと湯壺に浸つてゐた時、左千夫先生が死んだといふ電報を受取つた。予は直ちに高木なる島木赤彦宅へ走る。夜は十二時を過ぎてゐた。

【語釈】○しんしんと―茂吉

暗さを示すと同時に、師を失ったことによる作者自身の歌の道の暗さも託されていよう。

当時、新しい歌風を切り開くことに邁進《まいしん》する若手歌人の一人だった茂吉と左千夫の間には作歌上の対立があり、冷ややかな関係にあった。左千夫の死去によって茂吉は師と和解する術《すべ》を永遠に失ったことになる。こうした背景もあいまって、左千夫訃報への衝撃は一通りでなかったのだ。連作*「悲報来」の中には師を失った驚きと悲しみが「蛍を殺す」という衝動として次のようにも歌われており、鮮烈な印象を与えている。

　ほのぼのとおのれ光りてながれたる蛍《ほたる》を殺すわが道くらし
　すべなきか蛍《ほたる》をころす手のひらに光つぶれてせんすべはなし

初版『赤光《しゃっこう》*』（大正二年十月、東雲堂書店刊）は、これらを歌集の冒頭に掲載した。茂吉は師を失った悲しみを何よりも訴えかけたかったのだろう。同時にそれが師への鎮魂でもあったのだ。当時の読者もこの「悲報来」からうける衝撃は大きかった。しかし、八年後に編集しなおされた改選『赤光』（大正十年十一月刊）では年次順の編集方法に変わり、これらの連作は冒頭歌群としての重みを失った。短歌に対する考え方の変化が示されていよう。

の初期短歌に特有の語で、実際に走っている道の底知れぬ暗さと、茂吉自身の心の奥深い暗さとを表現した語となっている。

*伊藤左千夫—歌人、小説家。正岡子規の門人として根岸短歌会の機関誌「馬酔《アシ》木《ビ》」を創刊した。小説に「野菊の墓」がある。（一八六四—一九一三）。

*アララギ派—正岡子規の写実の伝統を受け継ぎながら、雑誌「アララギ」を中心に作歌活動を行った歌人達を指す。

*島木赤彦—アララギ派の有力歌人。長野県生まれ。（一八七六—一九二六）。

*連作—子規や左千夫が推し進めた作歌方法で、一つのテーマのもとに歌を詠む。

*赤光—茂吉の第一歌集。

02

たたかひは上海《しやんはい》に起こり居《ゐ》たりけり鳳仙花《ほうせんか》紅《あか》く散りゐたりけり

【出典】初版『赤光』所収（大正二年）「七月二十三日」中。

戦いが上海で起こっているようだ。ふと見ると鳳仙花が紅く散っている。

一九一一年、清国では専制と異民族支配に反対する辛亥《しんがい》革命が起こりアジア初の共和国〝中華民国〟が建国を宣言した。これによって、以後の中国は不安定な政治情勢が続き各地で暴動が起こっていた。上海で起こったという動乱もその一つと考えられる。茂吉がそれを新聞の報道によって知ったことが、この歌のきっかけとなった。表面的には、上海で動乱が起こったという新聞記事から眼を転じたとき、たまたま眼にしたのが紅く散っている鳳仙花

【語釈】○上海―中国南西部の都市。自注によると「当時上海は動乱の巷で、新聞がそれを報じてゐた。私は政治方面のことはよく分からぬが、戦争にはいつも関心を持ち、新聞記事にも常に注意してゐた。戦いは個人なら果し合ひ、命の取り

だったという事実がそのまま詠《よ》まれていることになる。

ただし、説明なく一首の歌として提示された場合、上海で戦いが起こったという上句と、鳳仙花が散ったという下句の関係が明瞭でないため、分かりにくい歌の代表として取り上げられた。そのほか、二つの事象の醸《かも》し出す気分などについても議論を呼ぶことになった。

一般的に考えて、日本で送る日々の生活の中では、海を隔てた上海で起こったという騒乱の報も、夏の盛りに鳳仙花の花が散るという眼前の小景も、各々においては一通りの感慨として見過ごされがちな事象といえるだろう。けれどもその二つを対峙《たいじ》させることによって、説明しがたい不穏な空気を醸し出していると認められる。「たたかひは上海に起こり居たりけり」「鳳仙花紅く散りゐたりけり」と続く「たりけり」という表現の繰り返しが、否応なく二つの事象の関連を強めていることも重要だ。このとき鳳仙花の紅色が際立ち、上海の騒乱での流血や死をも連想させる不吉な暗示となっていく。同じ連作中には次の一首もみえる。


めん雞《どり》ら砂あび居《ゐ》たれひつそりと剃刀《かみそり》研人《とぎ》は過ぎ行きにけり

02の歌と同様に、ここでも〝めん雞ら〟が砂あびをしているという事実と

くらであり、大がかりな真剣勝負なので、いつも心を緊張せしめてゐた」(『作歌四十年』)とある。この動乱は、中国各地で拡大していた第二革命(第一革命と呼ばれる辛亥革命後、袁世《えんせい》凱《がい》の国民党弾圧に対抗する挙兵)を差すものと考えられる。

〝剃刀研人〟がひっそりと通り過ぎたという一見関係の無い別々な事象を対峙させているだけである。とはいえ、ひっそりと通り過ぎる〝剃刀研人〟の研ぐ刃は無防備に砂あびをする〝めん雞ら〟を今にも襲ってくるかに感じられ、鬼気《きき》迫る雰囲気を生み出すことに成功している。二首ともに同じような手法によって、不穏、不吉な予兆が重層されていると知られよう。では、この不穏な気分はどこに由来しているのだろうか。それを知るためには、連作全体に目を広げて鑑賞してみる必要がありそうだ。

この「七月二十三日」という連作は、前掲の二首を含めた五首からなっている。その中の第四首目には次の歌が位置する。

十日なまけけふ来て見れば受け持ちの狂人《きやうじん》ひとり死に行きて居《ゐ》し

十日間夏休みをとった後出勤してみると、担当の患者が没していたという歌だ。身辺から感じられる不吉な予兆はここに由来していたのではあるまいか。さらに、連作最後の第五首では再び鳳仙花の歌が詠まれる。

鳳仙花かたまりて散るひるさがりつくづくとわれ帰りけるかも

ここに至ると、鳳仙花が散ることが担当の患者の死の暗喩《あんゆ》に他ならなかったと気づかされる。

とすれば、「たたかひは…」の歌で鳳仙花が紅く散ることも最初から単なる*嘱目《しよくもく》以上の意味が込められていたと考えるのは自然なことだ。新聞に掲載されていた記事に触れて盛夏の日常の一景を描写しただけという形をとり、連作の題目となっている「七月二十三日」はあたかも、作者が読んでいる新聞の日付でもあるかのように見えながら、実は七月二十三日という日付こそ大きな意味があることを認識すべきだろう。作者にとって、その日報道された不吉な事件の記憶とともに、受け持ちの狂人が亡くなったことを知った忌《い》まわしい日として忘れることのできない日付だったからだ。

当時茂吉は東京帝国大学医科大学付属東京巣鴨病院の医局員として勤務していた時期で、患者の死に立ち会うことも珍しくはなかったらしい。歌の中でも折々にそうした類のものが見られる。この一連は、海を隔てた上海で起こった騒乱から連想される死と、受け持ちの患者の死とが離れがたく響き合い、不穏な緊張感を前面に押し出すことによって、研ぎ澄まされた感覚を持った作品となり得ている。

なお、02の歌については、*北原白秋の歌とその挿絵との影響関係も論議の対象となっている。

＊嘱目―目にふれたものを即興的に詩や歌に詠むこと。

＊北原白秋の歌と…―白秋の歌集『桐の花』の中扉に、散る鳳仙花と人力車に「上海」とかかれた絵がある。この絵が茂吉の作歌にも何らかの影響を与えたと指摘されている。なお、白秋の歌には「薄らかに紅く孱弱《かよわ》し鳳仙花人力《じんりき》車の輪にちるはいそがし」（「秋思五章」）がある。

03

死に近き母に添寝《そひね》のしんしんと遠田《とほだ》のかはづ天《てん》に聞こゆる

【出典】初版『赤光』所収（大正二年）「死にたまふ母　其の二」中。

瀕死の母に付き添っているとしんしんと夜が更けていく。同時に、遠くの田で鳴く蛙の声が響き合ってしんしんと天から降ってくるようだ。

「死にたまふ母」は、大正二年五月二十三日五十九歳（*数え年）で亡くなった実母〝いく〟の死を悼んだ連作で、母の歳にちなみ五十九首の歌から成る。母〝いく〟は*十八貫（約六十七キログラム）という大柄な体格で「*家に居るときには終日忙《せわ》しく働く」という勤勉な農婦であった。また「*旅もしたがらず、芝居なども強いて見ようとしませんでした」とも語られている。

連作は、母危篤《きとく》の知らせを受け東京から郷里山形へ帰郷する〈其の一〉、

【語釈】○添寝―看病のため、夜通し眠らないで傍に付き添っている。○しんしんと―深々と夜の更けていくさまと、かわずの声の響くさまの両方を表している。初版『赤光』冒頭歌「ひた走るわが道《みち》暗しんしんと堪《こら》へかねたるわが道くら

母の看病に当たる〈其の二〉、母の葬送を詠《よ》む〈其の三〉、母を追慕《ついぼ》する〈其の四〉という四つの構成を持つ。『赤光』が好評を博した一翼を担った作品で、茂吉は後日「誰かの挽歌《ばんか》を作るときには、大体私のこの一連をば目安にして作るといふ歌人が幾たりもゐた」（『作歌四十年』）と語った。03の歌は危篤の母を見守る一首。

　瀕死の母を看病して夜通し付き添っていると、静かに深くしんしんと夜は更けていく。それと同時に、遠くの田で鳴く蛙の声が響き合い波動となって空にまで広がっていき、まるで天から降り注ぐがごとくに聞こえてくる。蛙の声は母の魂を天に誘う厳《おごそ》かな響きのようでもある。母を失う悲しみが、この響きとともに身に沁み入っていくようだ。茂吉が郷里で母の看病に当たったのは約一週間、日中は親類縁者が入り混じっていたことだろう。が、深夜母と二人きりになり静寂の中で心を澄ませていると、母の魂を迎え入れるべき天は厳粛で神々しさすら感じられる。だからこそあえて〝天《てん》〟とルビを振り、天を強調しているのであろう。火葬によって母が天に昇る場面の〈其の三〉では天《てん》を「いつくしきかも」と詠んでいる。

　はふり火を守《まも》りこよひは更けにけり今夜《こよひ》の天《てん》のいつくしきかも

し」参照。○かはづ―蛙の雅語。

＊数え年―茂吉は数え年によって年齢を把握しているので、以下、鑑賞文中の年齢も数え年で記す。

＊十八貫……―高橋四郎兵衛「兄の少年時代其他」（昭和二十八年十月「アララギ」）による。

＊家に居るとき……―茂吉の随筆「念珠集」による。

＊旅もしたがらず……―茂吉の小文「私は父母の何れに影響されているか」による。

04

のど赤き玄鳥《つばくらめ》ふたつ屋梁《はり》にゐて足乳《たらち》ねの母は死にたまふなり

【出典】初版『赤光』所収（大正二年）「死にたまふ母　其の二」中。

のどの赤い玄鳥のつがいが屋梁にいる。その一方で母は死んでいかれるのだ。

【語釈】○玄鳥―燕。○屋梁―屋根を支えるための横木。○足乳ねの―母にかかる枕詞。

母の死を目前にした一首であり、前掲の「遠田のかはづ」の歌とともに、「死にたまふ母」の頂点をなす。燕《つばめ》の喉《のど》の部分の短毛は明るい茶色をしており、燕が忙《せわ》しく動かすと、黒い頭部や羽の色との対比で赤く輝くように目立つ。特に暗い梁《はり》の近くでは目を引いて感じられたのであろう。こうした燕の存在は〝生〟そのものだともいえる。生命が生き生きと躍動している姿をその〝赤〟という色で示したことになる。四月から七月にかけては、燕が卵を産み孵化《ふか》を迎える季節だ。「ふたつ」と表された玄鳥は生命を生み出そうとする番《つがい》を表す。作者が母を見守っている五月はまさに、生命が生まれ溢《あふ》れようとしている季節なのだ。「死にたまふ母」では、他にも「*蟆子《ぶと》」や「*山蚕《やまこ》」等、様々《さまざま》な形で生命の誕生が歌われる。

春なればひかり流れてうらがなし今は野《ぬ》のべに蟆子《ぶと》も生《あ》れしか

楢《なら》わか葉照りひるがへるうつつなに山蚕《やまこ》は青《あを》く生《あ》れぬ山蚕は

こうした季節の中、それとは逆行するかのように母の命が終わることが悲しみを際立たせているといえよう。同時に、母の死に際し燕が来て母を見守るようにすら見えるのは、釈迦入滅の折、万物が集まり嘆いたという故事を想起させ、厳粛で宗教的な雰囲気を醸し出すことにも成功している。

ところで、この歌の直前に左の一首がある。

我《わ》が母よ死にたまひゆく我《わ》が母よ我《わ》を生《う》まし乳足《ちた》らひし母よ

04の歌で使われている「足乳ねの」という語は、単に母を起こすための枕《まくら》詞《ことば》という以上に、作者に充分な乳を与え、作者の生命を育んでくれる存在としての母のイメージを強く盛り込みながら、歌の内容と響き合わせて母への思いを深く込めた表現となっている。

*蟆子—蚊に似たブユ科の一種。地方によってブトともいう。
*山蚕—カイコに同じ。蚕蛾の幼虫。絹糸を口から吐く。

05

山ゆゑに笹竹《ささたけ》の子を食《く》ひにけりははそはの母よははそはの母よ

【出典】初版『赤光』所収（大正二年）「死にたまふ母　其の四」中。

故郷の山に居るから笹竹の子を食したことだ。母よ母よ。

星のゐる夜ぞらのもとに赤赤とははそはの母は燃えゆきにけり

さ夜ふかく母を葬《はふ》りの火を見ればただ赤くもぞ燃えにけるかも

など、母を火葬する歌〈其の三〉を承《う》け、葬送後に追慕《ついぼ》する〈其の四〉の最後の一首で、大作「死にたまふ母」五十九首の掉尾《とうび》を飾る。*「母重病にて帰国し、とうとう亡くなり火葬にいたしあわたゝしくこゝの温泉にまゐり候」とあるように、高湯温泉（現、蔵王《ざおう》温泉）にある茂吉の親戚が営む若松屋に

【語釈】○笹竹の子――「笹竹」の学名は「千島笹」といい、地方によって、「笹竹」、「姫竹の子」、「根曲がり竹」、「細竹」などと呼ばれている。五月～六月にかけて北海道・東北の山深いところに出てくる。親指ほどの太さで山菜料理として

郵 便 は が き

料金受取人払郵便

神田支店
承認

3458

差出有効期間
平成 25 年 2 月
28 日まで

101-8791

504

東京都千代田区猿楽町 2-2-3

笠間書院 営業部 行

■ 注 文 書 ■

◎お近くに書店がない場合はこのハガキをご利用下さい。送料 380 円にてお送りいたします。

書名 冊数

書名 冊数

書名 冊数

お名前

ご住所 〒

お電話

コレクション日本歌人選●ご連絡ハガキ

●これからのより良い本作りのためにご感想・ご希望などお聞かせ下さい。
●また「コレクション日本歌人選」の資料請求にお使い下さい。

この本の書名＿＿＿＿＿＿＿＿＿＿＿＿＿＿＿＿＿＿＿＿

はがきのご感想は、お名前をのぞき新聞広告や帯などでご紹介させていただくことがあります。ご了承ください。

■本書を何でお知りになりましたか（複数回答可）

書店で見て　2. 広告を見て（媒体名　　　　　　　　　　）
雑誌で見て（媒体名　　　　　　　　　　）
インターネットで見て（サイト名　　　　　　　　　　）
小社目録等で見て　6. 知人から聞いて　7. その他（　　　　　　　　　　）

■コレクション日本歌人選のパンフレットを希望する

はい　・　いいえ

■コレクション日本歌人選・刊行情報（刊行中毎月・無料）を希望する

ご登録いただくと、毎月刊行される歌人の本がわかり、便利です。

はい　・　いいえ

■小社PR誌『リポート笠間』（年1回刊・無料）をお送りしますか

はい　・　いいえ

◎上記にはいとお答えいただいた方のみご記入下さい。

お名前

ご住所　〒

お電話

ご提供いただいた情報は、個人情報を含まない統計的な資料を作成するためにのみ利用させていただきます。個人情報はその目的以外では利用いたしません。

滞在し、心身を癒《いや》した折の所産。
「笹竹の子」は、茂吉にとっての故郷の味であり、母と直接につながる味覚であった。同じ連作にある「白ふぢの花」「蓴菜《じゅんさい》」等も故郷そのものと繋《つな》がる味覚として歌われている。食べ物への興味・関心は人一倍強い茂吉であったが、特に、故郷の味覚は茂吉に子供時代の思い出を呼び起こす重要な感覚であったと知られる。

　ふるさとのわぎへの里にかへり来て白ふぢの花ひでて食ひけり
　湯どころに二夜《ふたよ》ねぶりて蓴菜《じゅんさい》を食へばさらさらに悲しみにけれ

なお、「ははそはの」という語は母を呼び起こす枕詞である。ただし、同じ枕詞でも、火葬前の母に対しては、生前あるいは若い時のみずみずしい母親のイメージを持って「足乳《たらち》ねの」を使用し、火葬後の母に対しては、柞《ははそ》の葉が燃えていくイメージを重ねて「ははそはの」を使用している。この「ははそはの母」には「ハハ」という音が二回繰り返されるので、字余り*となっている下句十六音のうちに「ハハ」が四回繰り返され、半数の八音を占めることになった。母を失ったことへの慟哭《どうこく》がこの母への呼びかけとして極められ「死にたまふ母」の最後を締め括《くく》る。

供される。〇ははそはの――母にかかる枕詞。「柞《ははそ》」はコナラなど、ブナ科コナラ属の樹木の総称。

*母重病にて……――大正二年五月二十七日付寺田憲宛書簡（高湯若松やより）。

*字余り――定型では下句十四音となるところ、ここでは定型より二音多い十六音となっている。

06

ほのぼのと目をほそくして抱《いだ》かれし子は去りしより幾夜《いくよ》か経たる

【出典】『初版赤光』所収「おひろ　其の二」中。

うっとりと目をほそめて自分に抱かれていたあの娘《こ》が去ってから、いったい幾夜たったことだろうか。

連作「おひろ」は『赤光』における最大の恋愛歌。「死にたまふ母」と並ぶ大作で四十四首を数える。〝おひろ〟なる女性との離別への悲嘆〈其の一〉、官能的な回想〈其の二〉、諦《あきら》めの気持ちへ向かう〈其の三〉という構成で歌われる。06の歌は〈其の二〉の一首。うっとりとして抱かれていた恋人が自分の前からいなくなってからどれくらい経《た》ったのだろうかと数えながら恋人との逢瀬《おうせ》を偲《しの》んでいるわけだが、「ほのぼのと」には慕い合う作者と女

【語釈】○ほのぼのと―ほんのりと、うっとりと。「ほのぼのとおのれ光りてながれたる蛍を殺すわが道くらし」(『初版赤光』所収「悲報来」)など、茂吉が多用する語。○抱かれし子―「この女性は実在的のものか、或は詩的なものか、或

性との思いが託され、あたかも〝おひろ〟が目の前に居るかのごとくで官能的である。

なお、連作名となっている「おひろ」のモデルについては種々の説があったけれども、現在は、斎藤家で茂吉付きの女中をしていた〝おこと〟という女性をモデルにしているという方向で定着している。藤岡武雄は「茂吉と*『おこと』は人目を忍んで肉体の交渉をもったが、それがやがて斎藤家の人びとにわかって、この時期『おこと』は暇を出されて郷里に帰り、茂吉は悲嘆の日々を送った」と紹介している。連作「おひろ」は、実在の〝おこと〟とは別に、純化された作品として鑑賞されるべきであろうが、アララギ派には余り見られない官能的な表現ゆえに、〝おひろ〟が一体誰かという点でも読者の注目を集めた。さらに、茂吉の〝おひろ〟に対する心情は収まり難かったようで、連作「おひろ」から一ヶ月余り後に作成された連作「屋上の石」には〝おひろ〟と思《おぼ》しき女性との再会*が詠まれている。

いずれにせよ、茂吉の全歌集の中でも、このように堂々と高らかに歌いあげられた恋愛歌はほかに例を見ない。そうした点でも連作「おひろ」の意味合いは大きいといえる。

はどう、或はかうといふモデル問題は詮索してももはや駄目である。この間の消息を幾らか知つてゐた中村憲吉君のごときも今はこの世の人ではないからである。」（『作歌四十年』）。

＊茂吉と「おこと」は……――『評伝斎藤茂吉』（昭和五十年　桜楓社）による。

＊再会が詠まれている――「しら玉の憂のをんな恋ひたづね幾やま越えて来たりけらしも」。

07

うれひつつ去《い》にし子ゆゑに藤のはな揺《ゆ》る光りさへ悲しきものを

【出典】『初版赤光』所収「おひろ　其の二」中。

悲しみながら去っていった子だから、藤の花が揺れて美しく光るのさえ悲しく感じられることだ。

陽光の中で揺れる藤の花さえ悲しく感じられるのは、悲しく嘆きながら去って行った恋人のことが忘れられないからなのであろう。美しい藤の花も心を癒《いや》すことはできず、悲嘆にくれる心情が表出されている。ここで詠まれている〝藤のはな〟は、連作中の一首「かなしみの恋にひたりてゐたるとき白ふぢの花咲き垂りにけり」から〝白ふぢ〟の花であるとわかる。実は、この〝白ふぢ〟の花、「死にたまふ母」においても繰り返し詠まれた題材であった。

【語釈】○うれひつつ―「憂（愁）う」は「憂（愁）える」の文語形。嘆き悲しみながら。○去にし子ゆゑに―参考歌「朝影に我が身はなりぬ玉かきるほのかに見えて去にし子ゆゑに」（万葉集二三九四）。

白ふぢの垂花《たりはな》ちればしみじみと今はその実《み》の見えそめしかも

（「死にたまふ母」）

「おひろ」（五月六月作）は、直前に位置する「死にたまふ母」（五月作）の作品世界と響きあいながら、その延長線上で作成されていよう。こうした例は他にもいくつか挙げることができる。

はるけくも峡《はざま》のやまに燃ゆる火のくれなゐと我が母と悲しき

（「死にたまふ母」）

愁《うれ》へつつ去《い》にし子のゆゑ遠山《とほやま》にもゆる火ほどの我《あ》がこころかな

（「おひろ」）

右のように、「おひろ」で去って行った恋人への悲しみを「遠山にもゆる火」と表現したのは、「死にたまふ母」において母との死別の悲しみを「はるけくも峡のやまに燃ゆる火」と表現したこととと切り離しては考えられない。

一方、白藤の花等に見る季節的推移からすると、「おひろ」の方が「死にたまふ母」より前に起こった出来事であったとわかる。つまり、時系列では先にあった「おひろ」が「死にたまふ母」作成の精神的高揚を経て初めて芸術的作品として結実したものと知られる。

08

けだものは食《たべ》ものの恋ひて啼き居たり何《なに》というやさしさぞこれは

【出典】『初版赤光』所収（明治四十五年大正元年）「冬来　黄涙余禄の二」中。

けだものが食べ物を求めて啼《な》いている。これはなんというやさしさであろうか。

悲しみのために血の混った涙を意味する「黄涙」をタイトルとして使う「黄涙余禄《こうるいよろく》」は、『赤光』の大作の一つで、「葬り火　黄涙余禄の一」「冬来　黄涙余禄の二」「柿乃村人へ　黄涙余禄の三」で合計四十四首を数える。連作は、自宅の青山脳病院に委託されていた患者が自殺したため火葬に立ち会い、一転して上野動物園を訪れた後、これらの出来事を振り返りながらアララギ派同人の柿乃村人《かきのむらびと》（島木赤彦）に心境を伝えるという形で続いている。

【語釈】○けだもの―上野動物園での作。連作では、ペリカン・鶴・鰐の子・山椒魚などが詠まれる。○食もの恋ひて―恋い慕うかのごとく、食べ物を求めていること。○黄涙余禄―「黄涙」の出典は不詳だが、「紅涙」と同義に用いられ

08の歌は上野公園での嘱目《しょくもく》で、けだものの啼く声が物を食すること、つまり、生きることへの希求ととらえた上でやさしいものと受け止めていると知られる。動物たちが食べ物を求めることに対して「乞《こ》う」の字を用いず、「恋ひて」としたところに詩情が溢れる。このように、生きようとするけだものの力を暖かく包み込むとらえ方の対極には、一連中の次の歌のように自らの生を否定する人間への不安や怖れがあろう。人間社会の波にのまれて精神を病んだ患者への痛々しい思いが託されている。

自殺せる狂者《きやうじや》をあかき火に葬《はふ》りにんげんの世に戦《をのの》きにけり

幼くして斎藤家の*食客《しょっかく》となった茂吉は、斎藤家の家業である脳病院の医師となることを自らの運命と課し、自らを「狂人守《もり》」とも呼んでいた。そこには「狂人守」ゆえに負わなければならない怖れと悲しみがあった。当時は脳病院に対する偏見が強かったのだ。が、逆に、「狂人守」の日常にすっぽりと入り込み、忌み嫌われていた世界への抵抗を振り捨てて、あからさまに詠まれた茂吉の歌々がいかにセンセーショナルであったかは想像するに難《かた》くない。「狂人」の死と向き合うこの一連はなおさらだ。

世の色相《いろ》のかたはらにゐて狂者もり黄なる涙は湧きいでにけり

ている。「紅涙」は悲しみ等のため血が混じった涙。

*食客―他人の家に住んで養ってもらう者。居候。

09

赤茄子《あかなす》の腐れてゐたるところより幾程《いくほど》もなき歩みなりけり

【出典】『初版赤光』所収（明治四十五年）「木の実」中。

あれは赤茄子が腐っていたのを見たところから何歩も歩かないところだったことよ。

【語釈】○赤茄子――トマトのこと。

発表当時は「意味が分からぬ、曖昧である、誤魔化しである」（『作歌四十年』）等と評され、後には、歌壇に新生面を開いたと論じられるなど、茂吉における問題歌の一つとなった。一首は、まず「赤茄子」という表現、また、その赤茄子が腐っているところを捉えるという表現でインパクトを与える。夏の終わりでもあろうか、熟《う》れきって真っ赤となり食べられることもなく腐ってしまったトマトは、そこはかとない空虚さや倦怠《けんたい》を感じさせる。その腐った赤茄子から程近いところで、なにがしかの心の動きが起こったことが暗示されるが、それ自体については触れられていない。ただ、腐った赤茄子の空しくも生々しい景だけが提示され、*アンニュイな余韻《よいん》が残されることになる。

「*晩夏の象徴として腐ったトマトのある一小景が浮かんで来る。一首の内容はこの近代的な哀愁の色調にある」とする*佐藤佐太郎の評はおおむね首肯《しゅこう》できよう。が、単に「近代的な哀愁」というばかりでなく、この歌の「赤茄子」には故郷での思い出が絡《から》まっていることも見逃せない。自注からは「赤茄子」が少年の頃の呼び方であったことが明かされているからだ。

「赤茄子は即ちトマト（蕃茄）で、私の少年のころ、長兄が東京からその種を取り寄せて栽培したが、そのころも矢張り赤茄子と云つてゐた。大正元年頃でもトマトと云つた方が却つて新鮮に聞こえるのであつたが、一首の声調のうへから、赤茄子と云つたのであつただらう。これは東京の郊外で作つた」（『作歌四十年』）。東京暮らしの近代人である茂吉の内に、故郷での思いが重なっていたと考えられる。この一首が収められている「木の実」の連作を眺めてみるとその点がより明確になってくる。

*アンニュイ―けだるく、物憂い感じ。

*晩夏の象徴として……―昭和二十六年『現代短歌鑑賞第一巻』第二書房による。

*佐藤佐太郎―歌人。茂吉に師事した。歌集『歩道』等がある。（一九〇九―一九八七）。

「木の実」は八首からなる連作で、明治四十五年一月「アララギ」に発表された。歌集でも（一月作）と明記されている。09の歌で詠まれているのが夏の景であるのに、あえて（一月作）という「木の実」一連に入れられていることをまず念頭に入れておかなければならない。

しろがねの雪ふるやまに人かよふ細ほそとして路見ゆるかな

さて、「木の実」の連作は雪山を詠む右の歌から始められる。どこの雪山か明示されてはいないけれども、茂吉の故郷山形を連想させるだろう。自注によれば、「東北（羽前）の冬の山を見て作つた」とあり、故郷に繋がることが明瞭だ。この歌の次に「赤茄子」を詠んだ09の歌が入り、続けて「酢をふける木の実」の歌が詠まれる。

満ち足らふ心にあらぬ谷つべに酢《す》をふける木の実を食《は》むこころかな

山中の木の実が茂吉の故郷を感じさせるとおり、自注でも「酢をふける木の実」とは、*塩膚木《ぬるで》の実のことで「少年の頃親しんだものである」と説明されている。つまり「木の実」は作者の少年の頃の思い出と深く結びついた一連として構成されていたと知られる。雪山を詠んだ冬の山、赤茄子を詠んだ晩夏の歌、塩膚木の実を詠んだ秋の歌等、故郷への思いは季節を超えて繋が

＊塩膚木――山野に自生するウルシ科の喬木。「白膠木」とも書く。

っていたのだ。「赤茄子」と表現された09の歌がこの一連に加えられた意図は明らかだろう。「赤茄子」の歌に漂う哀感は、都会人としての現実と故郷を思う情との狭間《はざま》にたゆたっていたものだとわかる。なお、この連作は東京に暮らす孤独や寂しさを詠む次の歌で結ばれる。

　ひとり居《ゐ》て朝の飯食《いひ》む我《あ》が命短かからむと思《も》ひて飯はむ

発表年からすると、茂吉三十一歳で東京府巣鴨病院へ勤務していた頃の歌である。大学は卒業し、大学の副手*として病院勤務はしていたものの、将来の見通しも未だ定かではなかった。こうした折の漠然とした不安が、「我が命短かからむ」という表現になったものと考えられよう。

つまり、「赤茄子」や「塩膚木」、故郷の雪山を歌う「木の実」一連には、ひとり故郷を離れて行方の定まらない東京に暮らす孤独や不安が託されていたことがわかる。作者の心は都会人として生きていかなければならない現実と、自らの拠り所である故郷を思う情との間に揺れ動くものであった。そして、これこそ「赤茄子」の歌に詠まれているとされる都会人の近代的哀感というべきものだったのである。茂吉は、故郷の風物を思うことによって不安定で崩れそうな心の均衡《きんこう》を保っていたと考えられる。

*副手―旧制大学等で、助手の下にあってその仕事を補佐する人。

10

ちから無く鉛筆きればほろほろと紅《くれなゐ》の粉《こな》が落ちてたまるも

【出典】初版『赤光』所収（明治四十四年）「おくに」中。

おくにを失った嘆きのために力も入らないままに鉛筆を削っていると、紅色の粉がほろほろと落ちて溜《た》まっていくことだ。

歌集には「おくに」という表題で十七首が掲載されているが、初出の「アララギ」では「女中おくに」というタイトルであった。〃おくに〃が実名で、茂吉の身辺の世話をしていた女中であったことは確かだが、出身、生没については未詳。土屋文明*は「房州*生れだといふことであつたが、ひどく田舎染みた、しかし忠実従順で亡くなられた時はこの部屋の厄介になつた者一同皆悲しんだのであつた」という回想を寄せている。死因はチフスとも、チフス

【語釈】○ちから無く―おくにを亡くした悲しみのあまり、体に力が入らない状態。○鉛筆きれば―鉛筆を削ると。前後の歌から火鉢の上で削っていることがわかる。なお、赤鉛筆を削る歌は同時代の北原白秋にも見られ興味深い。「草わか

を病んだ茂吉からの感染であったともいわれている。

寒さで凍るような冬の夜、火鉢で暖を取るのが作者の常となっていた。その火鉢におき（赤くおこった炭火）を運んで来るのが〝おくに〟の仕事でもあっただろう。赤鉛筆を削るのは、雑誌「アララギ」の編集のためだろうか。今また、火鉢を身の近くに寄せて屈み込み赤鉛筆を削っていると、身近にいた〝おくに〟を失った喪失感が身に迫り、空しい気持ちから逃れられない。赤鉛筆の粉がほろほろと落ちるのは悲しみが溜まっていくかのようでもある。状況を知るためには連作中の次のような歌も参考になるだろう。

　しみ到《いた》るゆふべのいろに赤くゐる火鉢のおきのなつかしきかも

　灰のへにくれなゐの粉の落ちゆくを涙ながしていとほしむかも

歌集編集時に初出の表題「女中おくに」から〝女中〟の語を削除したのは、身分関係を排除して〝おくに〟を悼《いた》んだことが第一といえよう。そのほかに、同じ歌集で掲載した恋愛歌「おひろ」を多分に意識した上で、〝おくに〟を一人の女性としてとらえ直したための改題であったとも考えられる。恋愛関係はなかったにせよ、ここに表現されている〝おくに〟への思いは純粋で深い。

ば色鉛筆の赤き粉ちるがいとしく寝《ね》て削るなり」（『桐の花』）。〇ほろほろと—軽く小さいものが静かにこぼれ落ちる様子。

*土屋文明—アララギ派の代表的歌人。伊藤左千夫に師事した。茂吉とは同門として親しい関係にあった。歌集『山谷集《さんこくしゅう》』など（一八九〇—一九九〇）。

*房州生れだといふ……—「最初の記憶」昭和二十八年十月「アララギ」による。

11

木のもとに梅はめば酸《す》しをさな妻ひとにさにづらふ時たちにけり

【出典】初版『赤光』所収（明治四十三年）「をさな妻」中。

梅の木の下でその実をかじると酸《す》っぱい味がする。そういえば、自分の妻となるべき少女も人に対して頬を染めて恥じらう年頃となってきたことだ。

斎藤家の次女輝子との結婚は、茂吉上京当時から約束されていたことだ。茂吉の上京は十五歳、このとき輝子は二歳（ともに数え年）だった。少年の茂吉がいまだ*赤子の輝子を背負って子守をしたり、友人に「僕の未来のワイフだ」と答えたりしていたという。以来、茂吉は輝子の成長を見守り、妻となる日を待つことになる。『赤光』では輝子を指す〝をさな妻〟の歌が繰り返し詠まれている。

【語釈】○をさな妻―斎藤紀一の次女輝子のこと。○さにづらふ―「さ丹頰ふ」で「赤い頰をした」の意。紅顔の意から「君」「妹」、赤い色から「紅葉」「色」「紐」にかかる枕詞として使われることが多い万葉語。ここでは、赤い頰をし

をさな妻こころに持ちてあり経《ふ》れば赤き蜻蛉《とんぼ》の飛ぶもかなしも
（「をさな妻」）

女《め》の童《わらは》をとめとなりて泣きしときかなしく吾はおもひたりしか
（「秋の夜ごろ」）

11の歌作成当時、茂吉は二十九歳、輝子は十六歳になっていた。今までは子供とばかり思っていた少女が、人に対して頬を染めるような乙女に成長していたことへの感慨とともにかすかな危惧《きぐ》も感じられる。そこで、赤子の時から見守って来た少女がいよいよ自分の妻となる日に近づいているという期待と、果たして順調に妻となり得るかという不安とが入り交った歌となった。「ひとにさにづらふ」というけれども、恥じらいの心がいかなる「ひと」に向かうのかはいまだ図り難いからだ。

師の伊藤左千夫から、上の句と下の句との繋がりが判然としないという批判がおこり、議論を呼んだ一首となった。新しい歌の境地を開拓しようとしていた時期の作でもある。梅をかじった時の酸っぱさが、思春期を迎えた〝をさな妻〟への複雑な思いと共鳴しており、印象深い歌となっている。

て恥じらうという意で、動詞の連体形のように使われている。

＊いまだ赤子の……—渡辺涼作「茂吉先生と私の家」（下）全集第四十巻月報二十五による。

12

飯《いひ》の中《なか》ゆとろとろと上《のぼ》る炎《ほのほ》見てほそき炎口《えんく》のおどろくところ

【出典】初版『赤光』所収（自明治三十八年至明治四十二年）「地獄極楽図」中。

食べようとした飯の中から、とろとろとした勢いのない炎が立ち上がるのを見て、やせ細った炎口餓鬼が驚きがっかりしているところ。

茂吉が十五歳まで育った郷里の山形県金瓶《かながめ》村の生家に隣接して宝泉寺がある。境内には茂吉が通った金瓶尋常小学校も併設されていた。宝泉寺は茂吉の庭といってもいい。茂吉は高等小学校を卒業しようとした頃、「宝泉寺の徒弟になつてしまはうか」（「山蚕」）等と考えたこともあったという。連作「地獄極楽図」の最初期の草稿には「*地獄極楽の掛図を昔見たりしを想ひいでゝ作れる歌」という言葉が添えられており、宝泉寺で毎年掛ける掛図《かけず》の記

【語釈】○飯の中ゆ―飯の中から。「ゆ」は「から」という意の万葉語。○炎口―「炎口鬼」とも「炎口餓鬼」ともいう。餓鬼の一つ。体は痩せて細く、喉は針のようで口から火焔《かえん》を吐くという。

憶によるものであると知られる。
　歌の内容は、水も飲まず飯も食べずにやせ細り口から炎を吐く地獄の餓鬼がようやく飯を食べようとした途端、飯の中から火が立ち上がるのを見て驚き失望するという悲惨な内容である。けれども、とろとろと勢いのない炎を前にがっかりしている炎口餓鬼の表情は力なくむしろ人間味すら感じさせる。こうして地獄の一人一人の餓鬼に表情と感情を読み取るのは、掛図が極めて親密な存在だったからに違いない。暗い堂内でみる地獄極楽図は少年茂吉にとって恐ろしいながらも身近でひきつけられる存在だったといえよう。

　人の世に嘘《うそ》をつきけるもろもろの亡者《まうじや》の舌を抜き居《ゐ》るところ
　にんげんは馬牛《うまうし》となり岩負ひて牛頭馬頭《ごづめづ》どもの追ひ行くところ
　白き華《はな》しろくかがやき赤き華赤き光を放ちゐるところ

　少年の頃から茂吉は仏教的環境の中で生育していたと知られる。歌集名の『赤光』という語も、「仏説阿弥陀経」から採っており、子供の時分の遊び仲間だった雛《ひな》法師が「しやくしき、しやくくわう、びやくしき、びやくくわう（赤色　赤光　白色　白光）」と経典を暗誦していたのを聞き覚えていたためだという。なお、この習作期の一連には＊正岡子規の影響が濃厚である。

＊地獄極楽の掛図……──渡邊幸造宛明治三十八年五月十四日書簡による。

＊正岡子規の影響──「明治三十七年十一月発行の子規遺稿第一編、「竹の里歌」を読んで感奮し、作歌をはじめようと決心したのであった。竹の里歌明治三十二年の部に、『絵あまたひろげ見て作れる』といふ詞書があつて、『なむあみだ仏つくりがつくりたる仏《ほとけ》見あげて驚くところ』、『木のもとに臥せる仏をうちかこみ象蛇どもの泣き居るところ』、『岡の上に黒き人立ち天の川敵の陣屋に傾くところ』などといふのがある。それを模倣して、この「地獄極楽図」といふ歌を作ったのであった」（『作歌四十年』）。

13

ふり灑《そゝ》ぐあまつひかりに目《め》の見《み》えぬ黒《くろ》き蝗《いとど》を追《お》ひつめにけり

【出典】『あらたま』所収（大正二年）「黒き蝗」中。

空から燦爛《さんらん》と注いでくる昼の光の中で、目が見えない黒い蟋蟀《こおろぎ》を追い詰めたことだ。

【語釈】○あまつひかり―天から降り注ぐ光。○目の見えぬ黒き蝗―蝗は蟋蟀の異称。

茂吉の第二歌集『あらたま』の冒頭に置かれた一首。歌集『あらたま』は、『赤光』に次いで作成された歌が掲載されているが、初版『赤光』の刊行から七年余を経過した大正十年一月に刊行された。

この歌では、天から燦爛《さんらん》と光が降り注ぐ白昼に、蟋蟀《こおろぎ》を追い詰めたことが詠まれている。昼の光と夜に活動する黒い姿の蟋蟀という対照から〝目の見えぬ〟蝗という発想に至ったのであろうか。また、蟋蟀の逃げまどう様子からの連想であったとも考えられる。とにかく、弱くて小さいものを追い詰めていく行為に、作者の精神的鬱屈《うっくつ》の反映が見られる。

少年の流されびとのいとほしと思ひにければこほろぎが鳴く

（『赤光』中「秋の夜ごろ」）

元来、蟋蟀の声は、右の歌のように作者の情感を揺さぶるものであった。その蟋蟀を追い詰めるという行為は、自身に向かう衝動の強さでもあったと推し量れる。このとき、蜱の黒さは作者の心中の暗点へと変貌《へんぼう》しているかのごとくである。こうした行きどころのない切迫感が歌集『あらたま』の並々ならぬ展開を暗示している。

なお、「黒き蜱」の直後に続く「折にふれ」の連作は、精神的背景の一つに〝をさな妻〟*に係わる他者の存在があったことを示唆している。

をさな妻《づま》あやぶみまもる心《こころ》さへ今《いま》ははかなくなりにけるかも

わが妻《つま》に触《さや》らむとせし生《いき》ものの彼《かれ》のいのちの死《し》せざらめやも

『あらたま』冒頭歌群に見られるこれらの衝動感や不安感・憤怒は、歌集の中で最も人口に膾炙《かいしゃ》している連作「一本道」への序章ともなっていて意味深い。

＊をさな妻—11脚注参照。

14

あかあかと一本《いっぽん》の道とほりたりたまきはる我《わ》が命《いのち》なりけり

【出典】『あらたま』所収（大正二年）「一本道」中。

夕日に映えてあかあかと一本の道が通っている。これこそ我が命をかけて歩むべき道だ。

歌集『あらたま』を代表する一首。夕日が照り輝いているのであろう、あかあかとした一本の道は実に堂々としており、後期印象派の絵画に通じる力強さも感じられる。魂が充実していることを示す枕詞「たまきはる」を用いながら、その道がまさに自分の生命そのものだといっているわけだから、自分の人生に対する強く揺るぎのない信念を込めていると読み取ることができる。けれども、この一本道の内に諦めと沈痛な心情とが内包されていること

【語釈】○あかあかと―「ゴツホの太陽は幾たびか日本の画家のカンヴアスを照らした。しかし『一本道』の連作ほど、沈痛なる風景を照らしたことは必ずしも度たびはなかつたであらう」（「僻見」大正十三年三月）という芥川龍之介の茂吉評

についていち早く指摘したのは、アララギ派で茂吉の先輩に当たる長塚節《たかし》だった。節は次のように言う。

「我*にあたえられた一筋の大道が曠野《こうや》の間に通じている。我はこの大道を踏むより外に自分の生きる道はない。これはやがて我が全生命であると解釈するのが当然であろう。一方に於いては大いなる確信の歌であるけれども一方においては全く諦《あきら》めの歌である。そこに悲痛の分子を包蔵している」

当時、作者は、愛人〝おひろ〟との離別、母の死、恩師左千夫の死、さらに、見守り続けてきた〝をさな妻〟への葛藤*などが渦巻いていた。さらに、左千夫が急逝した後の雑誌「アララギ」の運営においては、財務的にも刊行の遅延という点からも深刻な問題を抱えていた。茂吉はこれらすべてを引き受け自身の道を歩もうとしていたのである。そこに、孤独で「悲痛な分子」が隠されているといっても過言ではあるまい。この連作には、行くべき道の遠く孤独なことを詠む次の一首もある。

かがやけるひとすぢの道遥《みちはる》けくてかうかうと風《かぜ》は吹《ふ》きゆきにけり

たとえ苦難が待ち受けていようとも、茂吉の歩むべきは、眼前の一本の大道しかなかったのである。

は有名。茂吉自身は以下のように述べる。「恐らく先生は僕らの事を、まだ遠いまだ遠いとおもひながら死んで行かれたことだらう。秋の一日代々木の原を見わたすと、遠く一ぽんの道が見えてゐる。赤い太陽が団々として転がると、一ぽん道を照りつけた。僕らは彼の一ぽん道を歩まねばならぬ」（「先生のこと」大正二年十一月「アララギ」）。

○たまきはる―「命」「内」等にかかる枕詞。語義は未詳。ここでは、魂が充実しているという意味で用いられている。

*我にあたえられた……―「斎藤君と小泉君」大正三年六月「アララギ」より。

*葛藤―前掲歌13参照。

15

この夜《よる》は鳥獣魚介《てうじうぎよかい》もしづかなれ未練《みれん》もちてか行《ゆ》きかく行《ゆ》くわれも

【出典】『あらたま』所収（大正三年）「諦念」中。

この夜更けは鳥獣魚介何ものも静かに居よ。諦めきれずに未練をもって彷徨《ほうこう》する自分も静かにあれ。

昼間は静かに身を潜《ひそ》めていても夜更《よふ》けになると動き回る鳥獣魚介すべての動物たちに、今宵だけは静かに居よと呼びかけている。なぜなら、夜になると未練の心が湧き上がり、あれこれと思い乱れる自分も、今宵だけは静かな気持ちでありたいと望んでいるからだ。「か行きかく行く」は実際に動き回ることではなく、様々な考えがめぐり巡って取り留めもない様《さま》を表していよう。深夜に思いを巡らす茂吉の眼に鳥獣魚介が写っているわけではないけれ

【語釈】○鳥獣魚介―鳥類獣類魚介類すべての生き物。○しづかなれ―「静かなり」の命令形。静かであれ。○未練―具体的内容を歌から読み取ることはできない。ただ、長塚節の書簡（島木赤彦宛、大正三年七月二十三日付）が参考とな

コレクション日本歌人選［全60冊］

Collected Works of Japanese Poets

【編集】和歌文学会
編集委員＝松村雄二(代表)
田中登・稲田利徳・小池一行・長崎健
笠間書院
【価格】定価:本体1,200円(税別)

うたの森に、ようこそ。

柿本人麻呂から寺山修司、塚本邦雄まで、日本の代表的歌人の秀歌そのものを、堪能できるように編んだ、初めてのアンソロジー、全六〇冊。

特別付録●和歌用語解説

●人生のインデックス

最上川の上空にして残れるは
いまだうつくしき虹の断片
(『白き山』昭二十一、六十五歳)

数ある斎藤茂吉詠の中で、何とも合点の行かない一首でした。消えかかって残ってる虹なら、まわりはぼやけてるはず。「断片」じゃ、イメージが違う。茂吉ともあろう者が、何だ、おかしいじゃない。

ところがです。生れてはじめての東北旅行で、列車が名取川を渡る時、ふっと上を見たら、ありました！ 青い空に、ぼやけるどころか、かっきりと角(かど)の立った平行四辺形の、まさに虹の「断片」が、一つならず、二つ、三つ、鮮かな七色に輝いて。茂吉が見たのは、これなんだ。ほんとなんだ。感銘しました。

歌って、こういうものなんです。「和歌はワカらない」なんて、利いた風に言う方があるけど、人生、何でもわかっちゃったらつまらないじゃありませんか。わからないから気になる。気になるから覚えてる。そしてある日ある時、実感として「アッ！」とわかったら、それは自分だけの、一生の財産。歌は、和歌は、その為のインデックスです。

短かくて、リズムがあって、きれいで覚えやすい。初期万葉以来千四百年、御先祖様が残して下さった、自然と人生のインデックス。利用しない手はありません。わかっても、わからなくても、声を出してくりかえし読んで下さい。そうしてなぜか心にとまった何首かが、いつか必ず何かの形で、あなたのお役に立つ事を保証いたします。

岩佐美代子
国文学者

［推薦］岩佐美代子・篠弘・松岡正剛・橋本治

●**勅撰集**［ちょくせんしゅう］
天皇や上皇の命令によって編纂される国家的な撰集。当代の治世を寿ぐ意図があり、「古今集」以後二十一代集が撰進された。

●**続歌・継歌**［つぎうた］
短冊に書かれた題を引いて次々と詠む方式のこと。歌合に代り、鎌倉時代以降に流行した。

●**晴の歌**［はれのうた］
天皇や摂関家が主催する公的な場で詠まれる歌。日常の生活の中で詠む褻（け）の歌に対する。

●**挽歌**［ばんか］
人の死を悲しみ悼む歌。万葉時代の言い方で、平安時代以降は「哀傷」と呼ばれるようになった。

●**百首歌**［ひゃくしゅうた］
百首一まとまりで詠む歌。好忠や重之が創始し、院政期の堀河院百首から組題百首として流行した。

●**屏風歌**［びょうぶうた］
内裏や貴族の邸宅の家を飾る屏風の絵に添えられる歌。古今集前後から拾遺集の頃に特に流行した。

●**部立**［ぶだて］
勅撰集などで採用される歌の内容上の区分。四季・恋・雑（ぞう）・羇旅（きりょ）・哀傷・釈教・神祇などがある。

●**本意**［ほんい・ほい］
題や伝統的な詠み方に添って要求されるそのテーマや素材に関する規範的な詠みよう。

●**本歌取り**［ほんかどり］
有名な古歌の一部や心を取ってうたい、複合的な情調をかもしだす詠法。新古今時代に古歌取りの特別の技法として確立した。

●**本説**［ほんぜつ］
歌を詠む際の典拠となった物語や漢詩の一節、また中国の故事など、歌以外のものをいう。

●**枕詞**［まくらことば］
特定の詞の枕となる五文字の飾り言葉。「久方の→光」「たらちねの→母」「足引の→山」など。

●**物名**［ものな・ぶつみょう］
歌の内容に直接関りのない物の名を歌の中に隠し入れて詠む言葉遊びの歌。

●**読人不知**［よみひとしらず］
作者名不明の歌、また憚って名を伏せる場合もある。万葉集では作者未詳歌と通称する。

●**連歌**［れんが］
上句と下句を別人が詠んで一首に仕立てる歌。短連歌や長連歌、有心連歌や誹諧連歌などがある。

◉和歌用語解説

●歌合［うたあわせ］
左右に分かれて歌の優劣を競う催し。左右の方人(かたうど)、判者、その判詞等からなり、歌の題詠化を促した。

●歌枕［うたまくら］
歌に詠みこまれる地名や名所。竜田と紅葉、吉野と雪・桜など多くは特定のイメージをともなう。

●縁語［えんご］
特定の歌語に意味上縁のある語で、一首の中に散りばめる。

●応制和歌［おうせいわか］
天皇や上皇の召しで詠まれる歌。応詔(おうしょう)歌や応制百首など。

●女歌［おんなうた］
女性が詠んだ歌、女性詞を用いた歌、女性らしさを装った歌など。

●掛詞・懸詞［かけことば］
同音異義を利用して別の意味を持たせる語。「眺め」に「長雨(ながめ)」、「待つ」に「松」を掛ける類。

●歌語［かご］
歌に用いられる詞。特に歌だけに用いられる語をいう。鶴を「たず」、蛙を「かわず」という類。

●雅俗論［がぞくろん］
伝統的な雅の精神と新興の俗の世界とのどちらを重んじるかという近世文学に一貫するテーマ。

●宮廷歌人［きゅうていかじん］
万葉時代に天皇や廷臣らの思いを代表して歌に詠む歌人のこと。額田王や柿本人麻呂らが主要歌人。

●組題［くみだい］
五十首歌や百首歌、千首などに一まとまりに組まれた題のこと。

●詞書［ことばがき］
歌の前に置き、歌の成立事情などを説明した文章。題詞のない場合は「題知らず」という。

●私家集［しかしゅう］
一般の撰集に対し、特定個人の歌を集めた歌集。「家(いえ)の集」ともいう。

●写生［しゃせい］
見たままを写し取ること。正岡子規が唱え、伝統的な題詠主義を攻撃するキー・ワードとなった。

●序詞［じょし・じょことば］
下の特定語句を導くための形容的な部分をいう。通常五文字以上からなり、枕詞のような決まった組合せはない。

●属目［しょくもく］
実際に見たものを詠むこと。

●題詠［だいえい］
与えられた題で歌を詠むこと。単純な一字題から「池上月」「寄鳥恋」などの結題まである。

篠　弘

●伝統詩から学ぶ

啄木の『一握の砂』、牧水の『別離』、さらに白秋の『桐の花』、茂吉の『赤光』が出てから、百年を迎えようとしている。こうした近代の短歌は、人間を詠みうる詩形として復活してきた。しかし、実生活や実人生を詠むばかりではなかった。その基調に、己が風土を見つめ、豊穣な自然を描出するという、万葉以来の美意識が深く作用していたことを忘れてはならない。季節感に富んだ風物と心情との一体化が如実に試みられていた。

この企画の出発によって、若い詩歌人たちが、秀歌の魅力を知る絶好の機会となるであろう。また和歌の研究者も、その深処を解明するために実作を始められてほしい。そうした果敢なる挑戦をうながすものとなるにちがいない。

松岡正剛

●日本精神史の正体

和泉式部がひそんで塚本邦雄がさんざめく。道真がタテに歌って啄木がヨコに詠む。西行法師が往時を彷徨して寺山修司が現在を走る。実に痛快で切実な組み立てだ。こういう詩歌人のコレクションはなかった。待ちどおしい。

和歌・短歌というものは日本人の背骨であって、日本語の源泉である。日本の文学史そのものであって、日本精神史の正体なのである。そのへんのことはこのコレクションのすぐれた解説を読まれるといい。

その一方で、和歌や短歌には今日のメールやツイッターに通じる軽みや速さや愉快がある。たちまち手に取れるし、目に綾をつくってくれる。漢字・旧仮名・ルビを含めて、このショートメッ

橋本　治

●夢の浮橋へ

「美しい日本語」を言う人は多い。しかもそこには「分かりやすい」という条件がつく。「美しい日本語」と「分かりやすさ」は同居しない。なぜかと言えば、「伝える」と「伝わる」の間には、なんらかのギャップがあってしかるべきだからだ。言葉はそのギャップの間にかかる橋で、それが常に平坦な土橋である必要もない。コンクリートの橋である必要も。日本語の「かくあらんかし」という提要が和歌の中にあるのは決まっている。胸の中に生まれる和歌という夢の浮橋から日本人が日本語をスタートさせた以上、我々はもう一度和歌のエッセンスを胸に宿す必要があるのだ。

コレクション日本歌人選に寄せて

ども〝われ〟の内にある心騒ぎが、実際には眼にしていない鳥獣魚介の騒ぎを感じさせることになった。未練でいたたまれない心情が切実に詠まれている。この歌の後には次の歌が続く。

あきらめに色《いろ》なありそとぬば玉《たま》の小夜《さよ》なかにして目《め》ざめかなしむ

右の歌にあるように態度に出すことも躊躇《ためら》われる〝あきらめ〟や表題歌にあるような居たたまれない〝未練〟が何であるかということはここで一切語られていない。当時は『赤光』刊行への評判が高まっていると同時に、輝子との婚儀も整い、長年の希望であった留学の計画も進行中だった。表面的には順調に人生が動き出しているかのように見える時であり、これらの歌にあるような未練や諦念《ていねん》とは無縁といえる時期だ。唯一、考えられるとすれば、一年余り前に離別した愛人〝おひろ〟への諦めきれない未練ということになる。実際、『赤光』で歌われた連作「おひろ」の後もモデルとなった女性を訪れた歌が詠まれており、執着があったことは確かだ。ただし、ここでは、特定の対象を示すことなく、自分自身の内なる葛藤《かっとう》として深く身に迫った苦悩の様として詠まれている。その葛藤の深さが、読み手に強く訴えかける歌となった。

る。「斎藤君は旅行しましたか。去年の鳳仙花のなみだはもう繰返さないのでせう。それもいいでせうけれど、現在の私には只さういふことに泣いて居るなどは、何だか変な感じがして成らないのです…」。明確な語り口ではないけれども、〝鳳仙花のなみだ〟とは、連作「屋上の石」（『赤光』所収）で歌われた〝おひろ〟と思しき女性との忍び合い（連作「おひろ」作成の二ヶ月後）を差していると考えられる。書簡はそれから約一年後、15の歌発表時期とほぼ重なる。○か行きかく行く―あっちへ行ったり、こっちへ行ったりする。

16　足乳根《たらちね》の母《はは》に連《つ》れられ川越《かはこ》えし田越《たこ》えしこともありにけむもの

【出典】『あらたま』所収（大正三年）「朝の蛍」中。

母に連れられて川を渡り田を横切って出かけたこともあったなあ。

『赤光』の「死にたまふ母」でも歌われた母の死去から一年を経過した頃の作。母は農婦として茂吉ら六人（内、夭折《ようせつ》一名を含む）の兄弟を育て上げた。そうした中、幼い作者は珍しく母と二人だけで遠出をしたのであろう。「川越えし田越えし」という中に懐かしい故郷の風景がまざまざと浮かび上がり、母に連れられて出かけた折の心躍りが読み取れる。誰の心にも郷愁を呼び起こす一首といえよう。茂吉最初期の歌の中にも母を詠む歌が散見す

【語釈】○足乳根の―前掲歌04参照。○川越えし田越えしこと―随筆「母」には、茂吉が幼少の頃、結膜炎を病んでは母に連れられて半日がかりで不動尊に参詣に出かけた折のエピソードが語られている。「かへりにはむらはづれの茶屋で、大《だい》

る。次は、久しぶりに帰郷した折の一首だ。

　けふの日は母の辺《へ》にゐてくろぐろと熟《う》める桑の実食《は》みにけるかも

（初版『赤光』所収「折に触れ　明治三十八年作」）

ここからは故郷で母のそばにいることだけで幸福感が満たされていることがわかる。茂吉にとって母と居ることは貴重な時間だったといえる。山形県の農家の三男だった茂吉は数え年十五歳で故郷を離れ、親族のいる東京斎藤家の食客となった。学業が優秀であったことが認められての上京だったが、将来への確固たる保証も無いまま自己を律していかなければならない境遇であった。こうした中で、母と心安らかに過ごした日々と故郷の情景とが特別な存在となって歌に詠み込まれ、茂吉短歌の主要な旋律が奏でられていく。

『あらたま』の中には16の歌以外でも母を詠み上げる歌がある。

　あが母《はは》の吾《あ》を生《う》ましけむうらわかきかなしき力《ちから》おもはざらめや

（「雑歌」）

これらの歌では、自身の根源として母を感じ、自らの人生を生き抜くための力としていたことが知られよう。16の歌においても、夢のように遠い昔となってしまった母との思い出を愛惜する情に満ちている。

福餅《ふくもち》のやうなものを買つてくれるのを常とした。その餅のことを、綿入餅《わたいれもち》と云つてゐたが、その大きな餅一つはそのころ二厘《りん》した。私はそれを買つてもらふのが嬉しく、急性の眼病を患ひながらも母《はは》に手を引かれ、よろこび勇んで不動尊に参拝したものである」。○けむもの―「けむ」は過去の推定。歌は自身の経験に由来する内容だが、遠い過去の出来事なので推定の感覚となった。「…というようなことがあったっけなあ」というようなニュアンス。「けるかも」とは違うニュアンスが込められた。

17

朝《あさ》どりの朝立《あさた》つわれの靴下《くつした》のやぶれもさびし夏《なつ》さりにけり

【出典】『あらたま』所収（大正三年）「朝の蛍」中。

朝、出勤する自分の靴下が破れている。それが寂しく感ずる夏が来たことだ。

出勤する自分の足元をふと見ると、靴下が破れているのに気づく。夏になり、日差しの強くなる季節では、靴下から覗《のぞ》く足の皮膚が白々と目立っている。このように破れた靴下を履《は》くという自らの生活環境を鑑《かんが》みながら、爽《さわ》やかな初夏の朝に一抹の寂しさを感じたという歌である。

数ヶ月前には、斎藤家の次女輝子と結婚式を執り行っていた。長らく〝をさな妻〟と呼んでいた輝子が正式な妻となったのである。にもかかわらず、

【語釈】○朝どりの―鳥の動作から、「朝立つ」「逢う」「音なく」などに掛かる枕詞。出勤のあわただしさを表現するか。○夏さりにけり―夏が来たことだ。

このような侘《わび》しい生活を送らなければならないことに対して諦めに通ずる寂しさがあったことは確かだろう。妻の輝子は斎藤家の令嬢として華やかに育っていた上、いまだ年若く、家庭的な細かい事柄に行き届いていたとは考えられない。枕詞を使って「朝鳥の朝立つわれの」と大仰に歌い始めながら、「靴下のやぶれ」のような些細な点に落としていくところには、自らの結婚生活を自嘲《じちょう》して嘆く姿勢も見られる。

一見すると、輝子の悪妻振りを暴露しているかのようでもあるが、明るい日差しの中、己《おのれ》を自嘲しながらも、「さびし」と諦めることで妻を容認しようとする方向性がみえる。茂吉が生涯の伴侶*として妻を愛する気持ちが強かったことを忘れてはならない。「朝の蛍」の連作は複雑な気持ちが反映されながらも今後への希望を宿した新婚詠として詠まれていることは次の歌々からも伺えよう。

こころ妻《づま》まだうら若《わか》く戸《と》をあけて月《つき》は紅《あか》しといひにけるかも

みぢかかるこの世《よ》を経《へ》むとうらがなし女《をみな》の連《つれ》のありといふかも

「こころ妻」「女の連」という表現にそうした心情が反映していることがわかる。

＊生涯の伴侶として……——「茂吉は『おひろ』との肉体的恋愛もあり、また多くの娼婦を買っており、以前に書いたように、妻に対した『口より先に手がとんできた』というごとく、てる子をぶんなぐったことも事実である。しかし、茂吉は妻を愛していたので、どうも彼のほうが分がわるい」（北杜夫『青年茂吉「赤光」「あらたま」時代』岩波書店　平成三年）。

18

ゆふされば大根《だいこん》の葉《は》にふる時雨《しぐれ》いたく寂《さび》しく降《ふ》りにけるかも

【出典】『あらたま』所収（大正三年）「時雨」中。

夕方になって大根の葉に時雨が降っている。たいそう寂しく降っていることだ。

初冬の夕暮れ時、冷たい雨が大根の葉に降り注ぐ景がクローズアップされている。人気のない大根畑、薄暗い日暮れの中、一面の大根の葉に降り注ぐ雨音だけが響き、えもいわれぬ寂寞《せきばく》感の漂う景である。「いたく寂しく」という「ク」の音の繰り返しが、時雨の雨音を感じさせる。同時に「ゆふされば…けるかも」というアララギ的万葉調で歌い上げることで、侘《わび》しいながらも野太い叙情となった。典型的なアララギ調と大根の葉のイメージとが揺る

【語釈】○ゆふされば―夕方になって。○時雨―晩秋から初冬の頃、降ったりやんだりする通り雨。○大根の葉―茂吉の養母斎藤ひさの実家（秩父）近くで見た大根畑。輝子との結婚の挨拶に訪れた折の所産と考えられている。

ぎなくマッチしている。

ところで、大根の葉を詠むということはこの歌までほとんど例をみない。歌の素材として認識されていなかったのである。それが、このような形で詠まれるに至るについては同時代の歌壇の動きも視野にいれなければなるまい。18の歌が発表される一年程前、北原白秋*は、雑誌「アララギ」に「地面と野菜」という連作十七首を掲載した（後に『雲母集《きららしゆう》』所収）。白秋と茂吉が急接近していたためだ。

　地面《ぢべた》より転《ころ》げいでたる玉キャベツいつくしきかも皆玉のごと

こうした歌で畑の野菜の中に新規な歌材を求め、キャベツ畑をクローズアップしたのは白秋の新しい試みであった。一方、18の歌には大根畑という新しい景の発見がある。キャベツ畑と大根畑、歌境も大きく異なるとはいえ、茂吉も白秋もそれぞれに新規な素材を模索している最中だったといえよう。茂吉は大根畑で見出した寂しさを歌い上げることで自己の内側にある寂しさを象徴すると同時に、アララギの声調が遺憾《いかん》なく発揮され、完成度の高い一首となった。生々しい現実生活から抜け出し透徹した眼で自然を見つめた歌で、『あらたま』での新しい境地を示している。

＊北原白秋―詩人・歌人。福岡県出身。上京後「明星」派新人の筆頭となった。森鷗外の主宰する観潮楼歌会に出席し、左千夫・茂吉らと知り合う。その後、歌作の上での交流が盛んになった。

19

尊《たふ》とかりけりこのよの暁《あかつき》に雉子《きぎす》ひといきに悔《くや》しみ啼《な》けり

【出典】『あらたま』所収（大正四年）「雉子」中。

まったく尊いことだ。この現世の明け方に、雉が悔しさのために一息に声を挙げている。

明け方、「けーん」と一息に高く啼く雉《きじ》の声を、悔しさの凝縮したものと聞いた。何かに耐えながら、搾《しぼ》り出すように聞こえる雉の声と「悔しみ啼けり」というとらえ方が、新鮮かつ的確である。雉における「ひといき」の声と同じように、作者が堪《こら》えにこらえていた「悔しみ」が一息となって表れた一首といえる。「尊とかりけり」と、七音で始まる極端な破調であるにもかかわらず、一気に読み下す勢いがあり、そこに強い詠嘆がこもる。雉の高啼

【語釈】○このよ―現世。○雉子《きぎす》―雉《きじ》の古名。「きぎし」の転。○ひといきに―鬱積した思いを一息に吐き出しているさま。

きに通ずるといえるだろう。また、「このよの暁」とは、彼岸に対する現世を差すから、「悔しみ」は現世に強く由来しているものといえる。次は連作中で19の歌の前に位置する。

朝森《あさもり》にかなしく徹《とほ》る雉子《きじ》のこゑ女《をみな》の連《つれ》をわれおもはざらむ

つまり、「悔しみ」の背後には、現世での「女の連」である妻輝子との係わりが想定される。『あらたま』中「朝の蛍」で妻輝子を「みぢかかるこの世を経むとうらがなし女の連のありといふかも」と詠んでいることからすれば、「女の連」が輝子を指すことはほぼ間違いなかろう。19の歌を発表する二ヶ月ほど前の書簡*によると、新婚一年余にして、茂吉は輝子と別居状態に陥り斎藤家からの独立も考えていたと知られる。とはいえ、「ひといきに悔しみにけり」に込められた悔しさが「女の連」という表面的な事象に限られているだけではあるまい。「女の連をわれおもはざらむ」とする状況まで至った自身の運命こそが、雉の一声とともに「悔しみ」となって朝の空気に響くのだ。作者は雉の一声を聞くことによってかえって救われた気持ちになったのではあるまいか。それが「尊かりけり」という破格の第一句に込められている。

＊書簡―藤岡武雄『評伝斎藤茂吉』（昭和五十年　桜楓社）には新資料として友人宛の書簡が紹介されている。「…妻と別居生活も同然にて、斎藤家より離れ独立したき考えにて苦しみ候」（大正四年五月二十六日　渡辺幸造宛）。

20

いのちをはりて眼《まなこ》をとぢし祖母《おほはは》の足《あし》にかすかなる皸《ひび》のさびしさ

【出典】『あらたま』所収（大正四年）「冬の山「祖母」其の一」中。

命が尽きて眼を閉じている祖母の足に、生きているときと同じように皸の跡が残っているのが、なんとも寂しいことだ。

大正四年十一月十三日祖母〝ひで〟が八十一歳で亡くなった。茂吉は急いで帰郷したものの、臨終には間に合わなかった。が、その後十日間滞在して祖母を葬送し、「冬の山「祖母」其の一」「こがらし「祖母」其の二」「道の霜「祖母」其の三」の三部作、計四十八首をなした。「死にたまふ母」に次ぐ挽歌《ばんか》の大作である。

初句「いのちをはりて」は七音の字余りで、祖母が亡くなったことへの詠

【語釈】○祖母―茂吉の家系は養子縁組が複雑に入り組んでいる。祖母〝ひで〟は、戸籍上の関係であり、実際は茂吉の父親熊次郎の実姉で、血縁上は茂吉の伯母にあたる。○皸―あかぎれ。寒さなどのため、手足の皮膚が乾燥して深く裂け

嘆が込められている。ただ、「眼をとぢし」という祖母の表情は安らかだ。それは、八十一歳の祖母の死が天寿《てんじゅ》を全うし、静かに迎えた大往生というべきものであったことを示していよう。祖母の死を静かに受け入れようとしていることがわかる。

　一方、足に残るかすかな皸《ひび》の跡は妙に生々しい。貧しくはないけれども、東北の片隅の農家で暮らしてきた祖母の慎《つつ》ましい生活のすべてが象徴されているようだ。生きていた時そのままの形であるにもかかわらず、命が失われていることの寂しさが改めて感じられてくる。「死にたまふ母」にあった慟《どう》哭《こく》とは異なる沈静した境地に至りついている。「さびしさ」は祖母を失ったことだけではなく、人間存在そのものへの視座となっていき、万物の流転は無限であって留まることがないことを思わせる。連作中の次の歌も、そうした方向を示していよう。

　ものの行《ゆき》とどまらめやも山峡《やまかひ》の杉《すぎ》のたいぼくの寒《さむ》さのひびき

また、祖母に愛され、共に過ごした光景が蘇《よみが》えるという次のような歌もあり、この一連は忘れがたい印象を与える。

　稚《をさな》くてありし日《ひ》のごと吊柿《つりがき》に陽《ひ》はあはあはと差《さ》しゐたるかも

た状態。

21

やまみづのたぎつ峡間《はざま》に光《ひかり》さし大《おほ》き石《いし》ただにむらがり居《を》れり

【出典】『あらたま』所収（大正六年）「箱根漫吟」中。

山の水が激しく音をたてて流れている谷間の流れに光が射し、大きな石どもが凝然とところがっている。

【詞書】大正六年十月九日、渡辺草童、瀬戸佐太郎二君と小田原に会飲す。翌十日ひとり箱根五段に行く。日々浴泉してしづかに生を養ふ。廿一日妻東京より来る。廿六日下山。夜に入り東京青山に帰る。折々に詠み棄てたる歌どもをここに

山水のたぎる峡谷でひとところ光が射して、大きな石が群がるかのように横たわる景に焦点が当てられている。山峡に響き渡るたぎちの音や日が射して存在感が増した大きな石は、いずれも自然の根源的な力を感じさせ、見るものに精気を回復させる。茂吉の最も愛した景の一つであり、力強い詠《よ》みぶりは茂吉調の一つの典型を示す。この歌が収められている連作「箱根漫吟」は、歌集『あらたま』の終盤に位置し、『あらたま』歌境の到達点ともいわ

れている。この歌が詠まれた大正六年は、巣鴨病院での足掛け七年の勤務を辞めて、家業の青山脳病院で診療に当たっていた。それは、歌作への時間的な余裕を生み出し、『あらたま』の世界に飛躍を与えた。北原白秋や前田夕暮など他派の歌人たちとの交流による混沌とした時を経過して、茂吉自身の内に消化された歌が詠まれた時期ともいえる。

　ところで、こうした連作の中にも妻輝子が登場しているのは象徴的だ。

　　あらそはず行《ゆ》かしめたまへたづさはり吾妻としずかに額《ぬか》ふしにけり

　妻と合流して神社*にでも詣でた折の作であろうか。互いに争うことなくこの世を渡らせたまえと祈念している。ここで『あらたま』が「黒き蛼《いとど》」という輝子への憤怒《ふんぬ》の歌から始まっていたことを思い出さなくてはなるまい。もちろん、歌集『あらたま』において茂吉の視野は様々に広がり詠まれる景は多角的に切り取られていく。が、憤怒から諦念、孤独、さらに寂しさへと辿《たど》る多くの秀歌の中で、輝子の存在は折にふれて見え隠れし、消え去ることはなかった。しかも、その思いは苦悶や煩悶、ほのぼのとした思いなど、二転三転しながら、この終盤に至る。妻輝子がそれほどまでに生々しい存在として『あらたま』の歌々に関わっていることを忘れることはできない。

録す。

【語釈】○やまみづ—山から流れてくる水。○たぎつ—水が石などにぶつかり、わき立っているさま。○峡間—谷間。○ただに—凝然としているさま。

＊神社—箱根滞在中、茂吉は宮下・仙石原など、広い範囲で散策している。妻と額ふしたのはどこか明らかにされていないが、芦ノ湖湖畔には箱根神社などが祭られている。

22

朝《あさ》あけて船《ふね》より鳴《な》れる太笛《ふとぶえ》のこだまはながし竝《な》みよろふ山《やま》

【出典】「あらたま」所収（大正六年）「長崎へ」中。

朝が明けて船から流れる低く太い汽笛の音がこだまして長々と響いている。鎧《よろい》のようにこの港を取り囲んでいる山々の間に。

『あらたま』を結ぶ一首。東京府巣鴨病院を辞した後、家業の青山脳病院で診療に当たっていた茂吉は、突然長崎医学専門学校教授兼県立長崎病院精神科部長として単身赴任をすることになった。長崎での前任者が留学に赴いたための急な措置であった。この歌は長崎に到着した直後に詠まれたもの。

東京の自宅では聞くことがなかった汽笛の音、それが港周辺の山々にこだまして長く響くところを詠んでいる。太笛は、汽笛の音を表した造語だが、

【詞書】箱根より帰れば、おもひまうけぬ長崎に行くこととなりつ。十一月はじめ一たび東京長崎間を往反す。十二月四日辞令を受く。十七日午前八時五分東京を発し、十八日午後五時五分長崎に著す。

【語釈】○太笛—船の汽笛の

「ぼーっ」という低くて太い音が今にも聞こえてくるようであり、異郷に来た感慨が込められている。また、汽笛がこだまとなって響く山々を「竝みよろふ山」としたことによって、長崎の山々を美しく気高《けだか》く表現することとなった。この語は、『萬葉集』の歌語「とりよろふ」の持つ褒《ほ》め言葉としてのニュアンスを残しながら、美しい鎧が並ぶがごとき山容を表す「竝み甲《よろ》ふ」に転じたものだ。

当初の予定では、茂吉は長崎で二年半程勤務する予定であったが、結果的には四年間を過ごすことになった。そうした長崎での生活を後にするおりも再び、この汽笛を詠むことになる。

長崎をわれ去りゆきて船笛《ふなぶえ》の長きこだまを人聞くらむか

(『つゆじも』中「長崎」)

長崎での太笛の音は、茂吉の生活に密着して茂吉の脳裏にしみ込み、長崎を象徴する音となっていたことがわかる。長崎に到着したばかりの時に詠まれた22の歌においては、低く長い太笛の音が、東京への別れであると同時に新生活への予感となって静かに響き渡る。歌集『あらたま』の末尾としてふさわしい。

こと。汽笛が低く太い音で響くのを太笛と表した造語。○竝みよろふ山─「竝み甲《よろ》ふ山」。「大和には　群山あれど　とりよろふ　天の香具山…」(『萬葉集』二番歌)の「とりよろふ」の語形から連想された造語。鎧を並べたようにこの上なく立派な山々が寄り合っているさま。

23

命《いのち》はてしひとり旅こそ哀《あは》れなれ元禄《げんろく》の代《よ》の曾良《そら》の旅路は

【出典】『つゆじも』所収（大正九年）「唐津浜」中。

命が尽きた孤独な旅はなんとかなしいことか。元禄時代の曾良のあの旅は。

『つゆじも』は、茂吉の第三歌集にあたり、長崎赴任から留学のためウィーンに向かうまで足掛け五年間の歌が収められている。

茂吉の長崎での教授生活は多忙を極めた。そのためかアララギへの投稿も極端に減少している。また、大正九年一月には流行していたスペイン風邪に感染するという事態にも陥った。多くの死者を出したスペイン風邪からは回復したものの、その後も血痰《けったん》や喀血《かっけつ》が続き、入院加療の後、転地療養を繰り返すことになった。

【詞書】九月四日　沙浜

【語釈】○元禄の代―江戸時代中期。井原西鶴・近松門左衛門・松尾芭蕉等を輩出した。○曾良―河合曾良。松尾芭蕉が最も信頼した弟子の一人。『奥の細道』や『鹿島詣』の旅に随行した。その後、江戸幕府派遣の巡

当時の手帳には「午前三時頃痰吐く、朝見るに、全く紅色にて動脈血も交り居る如し／温泉にて出でたる如きの色にてあれよりも分量多し／Haemoptoe*なることをはじめて気付きぬ」「朝、怒の情なくなり、全然人を許し、妻をも許し愛せんとする心おこる」「しづかに生きよ、茂吉われよ」等の記述があり悲壮感が漂っている。

23の歌は佐賀県唐津浜で療養中の作である。

自注では「元禄の曾良は壱岐《いき》まで旅して壱岐の夜寒に果てたことがおもひだされ、ここも朝鮮に近いことなどが感ぜられてならない」（『作歌四十年』）とある。壱岐に近い唐津浜に来たことが、壱岐で病死した曾良を思い起こさせることになった。曾良といえば『奥の細道』で松尾芭蕉との二人旅で名高い。けれども、壱岐では幕府の命による旅行中の孤独な死であった。今、茂吉は仕事のためにアララギの仲間とも家族とも離れ、ひとり九州に赴任している。スペイン風邪の発病から八ヶ月を過ぎても完治しない病状への不安は一通りでなかっただろう。しかも当時死病と考えられていた肺結核の兆候である喀血を体験している。曾良のようにこのままこの地で孤独に命果ててしまうかもしれないという思いが、曾良への強い共感となって詠出《えいしゅつ》された。曾良の姿はそのまま作者自身の姿でもあったのである。

見使随員となり九州各地を廻るうちに、対馬藩壱岐（現、長崎県壱岐市）で死去した。著書に『曾良旅日記』がある。

* Haemoptoe──ドイツ語で「喀血」の意。血痰が喉や気管からの出血ではなく、肺結核性の出血であることを認識したことによる用語。

24

年々ににほふうつつの秋草につゆじも降《ふ》りてさびにけるかも

【出典】『つゆじも』所収（大正九年）「長崎」中。

年ごとに美しく咲き匂う秋草だが、今その秋草にも冷え冷えとした露が降りて枯れ果てようとしている。

【詞書】シイボルト鳴瀧校舎址

【語釈】○年々に―年ごとに。○にほふ―美しく照り映える。○うつつ―現実。○つゆじも―露と霜。または、凍って半ば霜のようになった露。○さび―ここでは、秋草が枯れていくこと。

スペイン風邪の感染の後、喀血によって入院したのは、自らも勤務する長崎県立病院であった。大正九年六月二十五日から一週間ほど入院した後、療養のために雲仙嶽《うんぜんだけ》（長崎県雲仙市）・唐津海岸（佐賀県唐津市）・古湯温泉《ふるゆ》（佐賀県佐賀市）・六枚板（長崎県長崎市）・小浜温泉《おばま》（長崎県雲仙市）・嬉野《うれしの》（佐賀県嬉野市）を転々とした。病が癒《い》え、仕事に復帰したのは退院から四ヶ月になろうとする十月二十八日のことだ。同じ連作の最初には次のような歌がある。

病院のわが部屋にきて水道《すゐどう》のあかく出で来るを寂《さび》しみゐたり

水道の鉄管が錆びて、錆びの溶け込んだ赤茶色の水が出るほどに勤務する病院の部屋に来なかったことが歌われており、自身の療養が、長期に及んだことがしみじみと振り返られている。こうした折、土屋文明*が長崎を訪れたので、シイボルト鳴瀧《なるたき》校舎址《し》を案内し24の歌を作成した。自注によると十一月十四日のことである。シイボルト鳴瀧校舎の歌は大正八年にも詠まれているからしばしば訪れた場所だったかも知れない。毎年美しい輝きを見せる鳴瀧校舎址の秋草ではあるが、今冷たい露が降り枯れ衰えてゆく姿を目の当りにして、改めて感慨に耽《ふけ》ったというものである。長きに亘った闘病生活は茂吉の歌作にも思わぬ空白を生じさせた。歌論等*における進展はあったけれども、時間的な喪失感は大きかっただろう。秋草を枯らす景とともに過ぎ去った月日が惜しまれている。歌集の題目となった『つゆじも』にもこうした心情は反映されていよう。

既にこの頃、茂吉は長崎での仕事を辞して留学の途に着くことを決意し、留学実現に向けて動き出していたのだった。

*土屋文明――10脚注参照。

*歌論等における進展――「アララギ」に「短歌に於ける写生の説」(大正九年)を展開し「実相に観入して自然・自己一元の生を写す。これが短歌上の写生である」という茂吉独自の写生論を確立した。

25

山ふかき林のなかのしづけさに鳥に追われて落つる蟬《せみ》あり

【出典】『つゆじも』所収（大正十年）「山水人間虫魚」中。

山深い林の静寂の中で、鳥に追われたために落ちていく蟬がいる。

留学を決意して赴任地の長崎から帰京したものの、茂吉の体調は未だ充分とはいえなかった。脚気《かっけ》の症状が出たり、尿蛋白《たんぱく》が出て慢性腎炎《じんえん》であることもわかった。血痰も完治したわけではなかった。そこで、留学のための体力を養う目的で信州の富士見で一ヶ月間を過ごすことになる。連作「山水人間虫《ちゅうぎょ》魚」はこうした折の作である。

山がひにをりをりしろく激《たぎ》ちつつ寂《さび》しき川がながれけるかな

【詞書】林間

【語釈】○落つる蟬─昆虫の生態に詳しい北杜夫は「蟬はときに鳥に襲われる。そういうとき、飛んで逃げるよりそのまま樹の下に落下して難を逃れようとする蟬もいる。それを簡潔に「落つる蟬あり」としたのは、

あらくさのくれなゐの実《み》を食《は》むときはちちはは恋《こひ》し信濃路《しなのぢ》にして

連作中には右のような歌も見られる。折々に白く激ち流れる水やあららぎの実など故郷を思い起こさせる信州の山峡の中で静かに精気を養っていたことがわかる。

このような中で、ひときわ目を引くのが25の一首である。人里遠く音もない静かな林の中で、食するために蟬を追う鳥とそれから逃れようとする蟬とのせめぎ合いが的確に捉《とら》えられている。「落つる蟬」は、北杜夫《もりお》がいうように、落下して難を逃れるための蟬の技巧によるものか否かは歌だけでは判然としない。しかし、鳥と蟬の間で生きるために命をかけた攻防が繰り広げられていることだけは確かだ。静寂な山水の自然のうちに、人知れず生きる小動物たちの愛おしむべき命の躍動が見据えられている。一連の中には鳥や虫のほかに、「やまめ」や「岩魚《いわな》」等の山中に生きる魚類も歌われている。精一杯生き抜いている山中の虫や魚と同じように、作者自身、生き生きとした日々を送るべく心身の回復を願っているからなのであろう。自然の生き物を歌いながら、人間である茂吉自身を見つめる歌となっている。

こうして、「山水人間虫魚」は歌集『つゆじも』の頂点をなす連作となった。

まさしく写生と言うべきであろう」（『壮年茂吉』岩波書店　平成五年）と解釈している。

＊北杜夫─本名斎藤宗吉。茂吉次男。小説家。斎藤家をモデルとした長篇に『楡家の人びと』がある。ほかにエッセイ『どくとるマンボウ航海記』等。

26

大きなる御手《みて》無造作《むざうさ》にわがまへにさし出されけりこの碩学《せきがく》は

【出典】『遠遊』所収「維也納《ウィンナ》歌稿　其二」中。

握手をするための大きな手が無造作に私の前に差し出された。この学者は私の先生となる方だ。

【詞書】一月二十日神経学研究所にマールブルク先生（Prof. Dr. O.Marburg）にまみゆ

【語釈】○碩学―学識が広く深い人。「碩」は大きい意。

茂吉の留学は大正初年から計画され、大正三年には留学直前まで進んだものの、第一次世界大戦のために頓挫《とんざ》していた。その夢が叶《かな》い、大正十年にとうとうオーストリア、ウィーンへの留学が実現した。赤彦宛書簡には「十月頃欧州に留学して少し勉強して来る」「茂吉は医学上の事が到々出来ずに死んだといはれるのが男として、それから専門家として残念でならぬ」（大正十年一月二十日付）と留学へ思いが述べられている。歌集『遠遊』はウィーン留学中の歌を収める。

26の歌は、ウィーン大学神経学研究所を訪ね、主任教授のマールブルクと初めて会した時のものである。このマールブルク教授は、研究所の創設者で茂吉の恩師呉秀三《くれしゆうぞう》を指導したオウベルシュタイネルの門弟であり、当時は師の跡を継いで主任教授になっていた。挨拶《あいさつ》のために屈託なく差し出された手を「大きなる御手」と表現したのは、マールブルグの体格的な大きさばかりではなく、教授に対する敬意が込められていよう。同時にこれからなすべき研究の大きさも予感されている。求めていた指導者にようやく会うことが出来たことへの感動の内に、学識の高い教授に信頼を置いて真摯《しんし》に随《したが》っていこうとする決意の歌でもある。四十歳を迎えての留学ながら、学徒らしい初々しさが微笑《ほほえ》ましい。ウィーンでは学位論文*の他三本の論文を執筆した。殊に学位論文完成の感激は一入《ひとしお》であった。

過ぎ来つる一年半《いちねんはん》のわが生《せい》はこの一冊にほとほとかかはる

学究生活のため歌作に尽力する余裕はなく「簡単な日録の余白に歌を書きつけることにした」(『遠遊』後記)というものの、ウィーン六ヶ月滞在中、26の歌を含め、六百四十二首分の草稿を作成していたことは驚嘆に値する。

＊学位論文—「麻痺性痴呆者の脳カルテ」(大正十二年「ウイン大学神経学研究所紀要」第二十五巻第一冊)。

27

大きなる山の膚《はだへ》も白くなり渓《たに》のひびきを吸ふがごとしも

【出典】『遠遊』所収「維也納歌稿　其二」中。

雪が積もって大きな山の山肌も白くなり、人々が渓で立てる音もその雪に吸われていくようだ。

【詞書】ゲゾイゼ行。十二月二十七日より三十日迄 Gesäuse に遊ぶ

【語釈】○膚《はだへ》―膚《はだ》と同義。

茂吉の第四歌集『遠遊』には、オーストリアのウィーンに着いてからウィーンを去るまでの一年半の出来事が歌日記の体裁で収められている。それによると、ウィーンでの多忙な研究生活の合間を縫ってオーストリアの国内旅行、ドナウ川を下る旅、ドイツ旅行、イタリア美術館を巡る旅に出かけ、自然に心を慰めたり、見聞を広げたりしていることがわかる。〝ゲゾイゼ〟は、ウィーンから列車で八時間の場所、オーストリアのアルプス山中で現在は国

立公園となっている。
この狭間《はざま》のおくより来つる馬橇《うまぞり》が鈴《すず》つけしかば山に聞こゆる

27の歌の前には、右の歌が掲載されているから、「渓のひびき」が直接指しているのは馬橇の鈴の音と知れよう。つまり、馬橇を始めとして山村に営む人々の音がアルプスの山々に白く積もった雪の中に柔らかく吸収されていくという一首で、自然に身をゆだねて生きる人間とそれを包み込むように受け入れる自然とが穏やかに描かれている。大きな山も、今はその厳しさを隠し、白くたおやかに優雅な山肌を見せている。アルプスならでは景ともいえようが、これを見る作者の心もしっとりと落ち着いているように感じられる。

連作には全く表現されていないものの、後に書かれた随筆によると、この旅は「維也納《ウインナ》うまれの碧眼《へきがん》明色の娘」と同行の旅であり、しぼりたての牛の乳を飲むなど、「二人はたいへん仲好くなつてゐるのであつた」（「探卯患」）という。また、この旅については留学生仲間の誰にも語らず、一人で「この経験を千金の如くに愛惜した」（「帰路」）とも述べられている。歌に感じられる瑞々《みずみず》しい安定感の背景と考えられる。

28

夜《よる》毎に床蝨《とこだに》のため苦しみていまだ居るべきわが部屋もなし

【出典】『遍歴』所収「ミュンヘン漫吟　其二」中。

毎晩トコダニに刺されて苦しんでいて、まだ自分の落ち着くべき部屋も見つからない。

ウィーンからミュンヘン*に移った茂吉は、住むべき下宿先に目処《めど》をつけて出向くが、夜休むとトコダニ（南京虫）に刺され悲惨な思いで知り合い*の家に避難する。憤然として後日別の部屋を探すけれども、また、トコダニに刺されて契約を解消するということが一ヶ月以上繰り返された。これはそのような折の歌である。日々の出来事をそのまま語った技巧のない日常吟《にちじょうぎん》だが、全力を傾けてトコダニと対決している姿がありありと目に浮かぶ。「南京虫《なんきん》

【詞書】八月十九日（日曜）、冷、驟雨、ミュンヘン一月目なり

【語釈】○床蝨―トコジラミ、南京虫ともいう。家屋内にすみ、人の血を吸う。体は5ミリメートル前後。

*ミュンヘン―ドイツ南部の

日記」と題された随筆でも、ミュンヘンでのトコダニとの戦いが事細かに記述されている。例えば「この床でも忽ち南京虫に喰《く》はれた。私は余りいまいましいので、直ぐ日本媼《おうな》のところに逃げ帰ろうとしたが、夜が更けてゐるし、度々南京虫のことを訴へるのは自矜《じきょう》を害されるやうな気もするし、忍べるだけ忍ぼうとした。私は三時半まで起きてゐ、二たび寝て大小数匹の南京虫を捕へ、碌々《ろくろく》眠らずして一夜を明かした」というような調子だ。たかがトコダニだが、茂吉は歌でも日記でも真剣そのものだ。全力でトコダニに立ち向かうこれらの様子にはおのずからユーモアも漂う。どんな些細な事柄に対しても全力投球する茂吉の姿は人間的魅力として歌々の中に色を添えている。

ウィーンからミュンヘンのドイツ国立精神病学研究所に移ったのは、茂吉が〝一種憧憬《どうけい》の情〟をもつという学者がいたためだが、ドイツでの生活は思いのほか順調に運ばなかった。新たに始めた研究には難渋《なんじゅう》するし、実父の訃報《ふほう》や関東大震災の報道が入ってきたりして家族への思いに心乱されることが続いた。また、現地では第一次世界大戦後で日本人への反感も強かった。トコダニのせいとはいえ、「いまだ居るべきわが部屋もなし」という表現には、当地に安住の場所を求められない苛立《いらだ》ちや不安が色濃く反映されている。

都市。茂吉は当初からミュンヘンでの留学を考えていたようだが、第一次世界大戦でドイツに宣戦布告した日本に対してドイツの対日感情は険悪であり、留学が認められるような状況ではなかった。そのため、この時までミュンヘン留学の希望が叶わずに過ごしていたのだった。

＊知り合いの家―「南京虫日記」に登場する〝日本媼〟の家。〝日本媼〟は娘の頃からその母とともに日本人留学生の世話をしていたという女性で、茂吉も幾度となく世話になった。

29

古き代の新しき代の芸術《げいじゆつ》をあぢはふときは光《ひかり》を呑《の》むごとし

【出典】『遍歴』所収「欧羅巴《ヨーロッパ》の旅」中。

古い時代・新しい時代、いずれの時代のものでも、すばらしい芸術を味わう時は、輝く光を体内に呑むような特別な感動が体中に広がる。

【詞書】ベルリン。九月九日、午前八時四十三分アムステルダムを発ち、ベントハイム駅にて国境検査あり。夜、ベルリンに著く。九月二十二日ベルリンを発つまで滞在足掛二週間、大使館、宮城、ウエルトハイム、カデウエ、ノイエナチ

単に芸術を味わうときの感動を述べているに過ぎない歌に見えるが、そのときの感動を「光を呑むごとし」と表現しているところに一首の魅力が凝縮している。味わった芸術の素晴らしさが体内に入って、自らも輝きを放つような感動が「光を呑むごとし」と表現されたのであろう。出会った芸術を天啓のごとくに感じとり、余すところなく吸収しようとする気迫もうかがわれる。ところで、この歌の直前には左の歌が置かれている。

ベルリンに著《つ》きて絵画を日々に見つまた此処《ここ》に来むわれならなくに

ここでは、再びベルリンに来る機会もないであろう自らを思い、毎日のように絵画を見て過ごしていることが歌われている。そもそも、大正十二年に起こった関東大震災は東京の青山脳病院にも大きな打撃を与えたため、養父紀一は一刻も早い茂吉の帰朝を望んでいた。が、ミュンヘンでの研究の完成を目指して茂吉は強いてドイツに留まることにしていたのである。その後、ようやく苦心の研究が完成し帰国することになった途端、今度は突然に妻の輝子が渡航を望み合流することとなった。そこで思いがけず茂吉は滞在を延期してヨーロッパ各地を巡る機会を得たのだった。今を逸しては二度とこうした機会はないものと思い定め、出来る限りの地を巡って西洋の文化を貪《むさぼ》り吸収しようとしたことは想像に難くない。そのような折、古い時代のものであっても新しい時代のものであっても、素晴らしい芸術に出会った時は、幾度となく「光を呑む」という感動を味わったのであろう。

留学生として医学論文完成の暁、久々に再会した妻にも心を和ませ、二人で各地を〝遍歴〟しながら芸術を堪能することが出来た旅は、茂吉の生涯の中でも最も平穏な日々だったといえる。

ヨナールガレリー、カイザーフリードリヒムゼウム、警察、警視庁、日本亭、藤巻日本食店、支那飯店、チーアガルテン、音楽会（ベエトウフエン）、歌劇（アイダ）、小劇場、活動写真、動物園、植物園、競馬、ポツダム、チムメルマン器械店、大学附属病院（シャリテー）、モアピッツ病院、ロータツケル書店、ミルレル書店、議事堂、種種銅像、交わりし人々、前田（茂三郎）、飯野、沖本、久保（護躬）、勝沼、尾熊、菅沼、井上、赤坂の諸氏

30

かへりこし家にあかつきのちやぶ台《だい》に火焰《ほのほ》の香《か》する沢庵《たくあん》を食《は》む

【出典】『ともしび』所収（大正十四年）「焼あと」中。

はるばると帰ってきた家で朝食のちゃぶ台で、火事を思い起こさせる焦げ臭い沢庵を食べている。

【語釈】○ちゃぶ台―折りたたみ式の短い足を付けた食卓。○沢庵―「沢庵漬け」の略。大根の漬物。

ヨーロッパでの遍歴を終え、帰国途上の茂吉に青山脳病院全焼の無線が届いたのは、大正十三年十二月三十一日の午前一時のことだった。日本に近い台湾海峡にさしかかろうとしていた時である。歌集『遍歴』にはそのときの思いが次のごとく歌われている。

おどろきも悲しみも境《さかひ》過ぎつるか言絶《ことた》えにけり天つ日のまへ

留学の辛苦《しんく》も克服し、ようやく平穏な道が見え始めてきたという矢先、驚きも悲しみもその限度を超えてしまい言葉にもならないような新たな災厄が降りかかってきたのである。「青山脳病院の火事は、何しろあの広大な建物がぺろりと焼けたのであるから、いよいよ悲惨に候。しかも火災保険が一文《いちもん》も無いといふのであるから、いよいよ悲惨に候。先づ先づまるはだかとはこの事に御座候」(大正十四年二月十五日付)という前田*茂《しげ》三郎宛書簡で火災の状況は把握できよう。

洋行からはるばると帰ってみれば、焼け残っていたのは茂吉と輝子のために用意されていた小さい家屋一つだけである。そこに大家族が皆で生活しているのは惨めさを感じないではいられない。朝食のちゃぶ台には焼け残りの粗末な沢庵が出されている。食してみると火焔《かえん》を浴びて焦げ臭いにおいが染み付いているのだ。作者は火焔のにおいのする沢庵を嚙《か》みしめながら蒙《こうむ》った火災の大きさを反芻《はんすう》すると同時に、このままでは居られないという復旧への思いにも駆られたことだろう。早朝の食事でパリパリと嚙みしめる沢庵の感触は、災害から立ち上がろうとする力を感じさせる。

苦しみの内にも災厄を克服していく精神は、歌集『ともしび』の新たなる秀歌を生み出してゆく。

*前田茂三郎―山形市蔵王飯田出身。ベルリンで役人の仕事をしていたので、何かと茂吉の留学を支えた。茂吉とは親戚関係にある。

31

さ夜ふけて慈悲心鳥《じひしんちょう》のこゑ聞けば光にむかふこゝろならなくに

【出典】『ともしび』（大正十四年）「木曾氷が瀬　其の二」中。

夜が更けて慈悲心鳥の声を聞くと、光に向かって啼いている声ではないのに、心が引き付けられる。

【語釈】○さ夜―小夜。夜の意。○慈悲心鳥―ホトトギス科の鳥で「ジュウイチ」の別名。夜鳥。自注では「ジッシーンと啼く」と述べられている。つまり、「慈悲心鳥《じひしんちょう》」という名の由来が鳴き声からきていることを説いている。○こゝろな

青山脳病院の焼失によって生活基盤を失った茂吉は、慣れない金策にも奔走しなければならなかった。その一つの手段として多くの執筆を手がけた。歌作に対しても、「原稿料どりの歌」（大正十四年八月二十二日付　久保田赤彦宛書簡）という表現を使いながら帰朝早々、意欲的に取り組んだ。「改造」から百首歌の注文を受け、大正十四年九月号には「童馬山房雑歌」として百三十七首の歌を掲載した。各地に取材した歌が含まれて居るが、31の歌は大

正十四年五月三十日に木曾福島で島木赤彦と落ち合った折のものである。
夜が更けて、鳥が啼くのを聞くと「ジッシーン」という声から、慈悲心《じひしん》鳥《ちょう》の声だとわかる。その声は夜の暗闇に向かって放たれているもので、光に向かって囀《さえず》る小鳥たちの声とは違っているけれども、それがかえって心惹かれるというものである。作者にとって「艱難暗澹《かんなんあんたん》たる生に、辛うじて『ともしび』をとぼして歩く」(『ともしび』後記)という光のない暗澹たる時期、慈悲心鳥の声は暗闇《くらやみ》での救いの声として聞こえたのではないだろうか。「十一《じゅういち》鳥」を「慈悲心鳥」と表したこととも響き合っている。
なお、同じ折に島木赤彦も「慈悲心鳥」を詠んでいる。いずれも秀歌といえるが、ここにアララギ派の二大歌人の相違が見られる。茂吉の場合は「光にむかふこゑならなくに」に主観がほとばしり出ているけれども、赤彦の次の歌では慈悲心鳥の啼きわたる声のみが事実として描写されており、主観が極力抑えられていると知られよう。

谷川の早瀬《はやせ》のひびき小夜ふけて慈悲心鳥《じひしんてう》は啼きわたるなり
(赤彦「高山国の歌」)

ならなくに―声ではないのに。
*久保田赤彦―島木赤彦の本名。アララギ派歌壇の構築に貢献した。

壁《かべ》に来て草かげろふはすがり居り透《す》きとほりたる羽《はね》のかなしさ

【出典】『ともしび』所収（昭和二年）「童馬山房折々」中。

飛んで来てクサカゲロウは壁にすがり付いている。薄緑色に透き通っている羽のなんとはかなく悲しいことか。

壁に来てとまっている草かげろうのはかなさを詠む一首で、詞書にある「澄江堂《ちようこうどう》の主」とは芥川龍之介*をさす。草かげろうの透き通って繊細な羽は繊細な精神を持つがゆえにはかない生き方を選んでしまった芥川の悲しさを象徴するかのようである。また、壁に来て「すがり居り」という草かげろうには、茂吉に対してすがるように接していた芥川を暗示しているように感じられる。

【詞書】澄江堂の主をとむらふ

【語釈】○草かげろふ―草蜻蛉。クサカゲロウ科の昆虫の総称。形はトンボに似るが細く弱々しい。薄緑色の羽をもつ姿は可憐で上品である。成虫になったかと思うと、あっという間に死ん

芥川が茂吉に全幅の信頼を寄せていたのは、「僕の詩歌に対する眼は誰のお世話になつたのでもない。斎藤茂吉にあけて貰《もら》つたのである。」（「僻見」大正十三年三月）として、『赤光』や『あらたま』の歌に言及していることから知られる。その芥川が菊池寛*を伴って長崎赴任中の茂吉を訪ねたこともあり、歌論や随筆などに係わって文学の同志としての交流が続いた。けれども、大正十五年以降の二人の関係は精神科医と患者という繋がりに変容していく。書簡によると、茂吉は、芥川の強い要請によって睡眠薬のアヘンエキス、ヴェロナール、ヌマール、ノイロナール等を投薬しながら体調が回復することを願っていた。だから、昭和二年七月二十四日、芥川がヴェロナールとジヤアルを服用して自害したという知らせを受けた時、茂吉は「驚愕《きようがく》倒レンバカリナリ」（同日日記）の思いをしたのだった。芥川の死を悼《いた》むと同時に、繊細な芥川を救えなかった茂吉自身への悲しみも反映されているといえるだろう。

この時茂吉四十六歳。茂吉より十歳も若い芥川に先立たれたことは、自らの老いの意識を助長させることになった。32の歌とともに並べられている次の歌では、自らを「生きのこり」と詠んでいる。

やうやくに老いづくわれや八月《はちぐわつ》の蒸《む》しくる部屋に生きのこり居り

でしまうカゲロウとは別種であるけれども果かないイメージがある。

＊芥川龍之介―小説家。「羅生門」「鼻」「芋粥」等著作多数。「何か僕の将来に対する唯ぼんやりした不安」という言葉を残し自害に至った（一八九二―一九二七）。

＊菊池寛―小説家・戯曲家。第一高等学校（旧制）の同級に芥川龍之介がいた。戯曲「父帰る」、小説「恩讐の彼方に」等（一八八八―一九四八）。

33

わが父も母もなかりし頃よりぞ湯殿のやまに湯はわきたまふ

【出典】『ともしび』所収（昭和三年）「三山参詣の歌」中。

我が父母が生れるはるか以前から、湯殿山《ゆどのさん》ではご神体の湯が湧いていらっしゃるのだなあ。

【詞書】昭和三年七月二十八日午後九時三十分上野駅をいで立つ。二十九日朝上山駅にて高橋四郎兵衛、同重男と落合ひ同車しつ。羽前高松駅下車。高松より海味《かいしょう》を経て、午前十時十五分本堂寺著。此間一部乗合自動車。それより徒歩にて午後

茂吉の実父守谷《もりや》伝衛門（熊次郎）が七十三歳で他界したのは、大正十二年七月二十七日のことだった。茂吉は留学中のミュンヘンでその訃音《ふいん》に接した。大正十四年の一月に帰朝した茂吉が随筆を書く機会を得た時に、父親への思いを込めながら執筆したのが、「念珠集」（大正十五年二月記）である。「念珠集」では茂吉が十五歳で元服の折に、生涯を守護してもらえるよう父に連れられて湯殿山へ初詣《もうで》に行ったことが書かれている。それは次のよう

に厳粛な経験であった。

「僕も父もしばらくの間毎朝水を浴びて精進し、その間に喧嘩などを避《さ》け魚介虫類のやうなものでも殺さぬやうにし、多くの一厘銭《りんせん》を一つ一つ塩で磨いて賽銭《さいせん》に用意した」

　湯殿山は、月山《がっさん》・羽黒山《はぐろさん》とともに出羽《でわ》三山の一つであり、今回の参詣も当時とほぼ同じ行程で湯殿山を訪ねている。同行するのは茂吉の実弟で山城屋旅館の養子となったため高橋姓となった高橋四郎兵衛とその息子重男である。父との湯殿山詣に思いが及ばないはずはない。詞書によれば、投宿においても、三十二年前に茂吉が訪れた宿を使っていることがわかる。けれども、ともに訪れた実父は既になくなって五年が過ぎた。「死にたまふ母」で知られるように実母がなくなってからは十五年という久しい時間が過ぎ去った。それでも、湯殿山の神体となっている温泉は、父と訪れた時と同じように湧いている。人々を守護する湯殿山神社の神体であり、父母未生以前からこんこんと湯が湧き続ける恒久な山への敬意を詠むと同時に、亡き父母への思いを感じさせる一首である。


四時志津著、投宿。本堂寺も志津も、明治二十九年(予十五歳)、父に連れられて宿りし処なるが、今は参詣者も少く、なべて境界ひそかなり

【語釈】○湯殿のやま―湯殿山。山形県中西部の山。湯殿山神社は社殿を設けず、温泉が湧き出る巌《いわお》を神体とする。

34

よひよひの露ひえまさるこの原に病雁《やむかり》おちてしばしだに居《ゐ》よ

【出典】『たかはら』所収（昭和四年）「秋」中。

夜毎に露の冷たさが増してくる秋のこの原に、病を持った雁は舞い降りてきてせめてしばしなりとも体を休めよ。

【詞書】病雁

【語釈】○よひよひ―宵々。夜ごと。○病雁―雁はガンの別称。わが国には秋、北方から飛来する。病雁は、病を得た雁のこと。○おちて―舞い降りてきて。松尾芭蕉は近江八景の一つである「堅田落雁」に即して

帰朝以来の疲れが襲ってきたのだろうか。歌集『たかはら』は、老いが忍び寄ることを感じさせる次のような歌から始まっている。

朝々にわれの食《たう》ぶる飯《いひ》へりておのづからなる老《おひ》に入るらし

（昭和四年「日常吟」）

昭和四年一月頃、茂吉は自らの尿に蛋白の出ているのに気づき慢性腎臓炎《じんぞう》の診断を受けていた。34の歌は、その年の秋美しい月を見ながら詠まれたも

ので、詞書に「病雁」を掲げての作となった。冷え冷えとしてきた季節、病を持つ雁に対して、この原に舞い降りてしばしの休息をとるよう呼びかけている。それは老いを自覚した上に自らも病を抱え、休息を必要とする自身への切なる呼びかけに他ならなかった。

ところが、雑誌「潮音」を主宰する*太田水穂《みずほ》から、松尾芭蕉の句「病雁の夜寒に落ちて旅寝かな」の剽窃《ひょうせつ》・模倣という非難を受け「病雁論争」と呼ばれる熾烈《しれつ》な論争が引き起こされた。確かに、病を得た雁が一羽のみ群れから離れて降りてくるという点で両者は共通している。けれども、茂吉の場合、「病雁」に呼びかけているのは「しばしだに居よ」というように束の間の休息にすぎない。そこには芭蕉と異なる心情が反映されているはずだ。当時茂吉は、養父紀一に代わって青山脳病院院長の職を継いでいた。たとえ病んだとしても働き続けなければならない境遇だったのである。芭蕉の名句を下敷きにしているとはいえ、茂吉独自の心境を託した歌となっていよう。

ところで、茂吉の論争は生涯に五十を数え、34の歌での論争も含めてその多くに勝利した。勝つまでは徹底して猛烈に戦うという性状のためだったが、それらはアララギの結束力を固める上でも有効に働いた。

「病雁の夜寒に落ちて旅寝かな」（病を得た雁が一羽夜の寒さに堪えきれず舞い降りてきて侘しい宿りをすることだ）の一句を残した。病を得た芭蕉が落雁に心を寄せて詠んだ句であり、茂吉にも影響を与えていると考えられる。

＊太田水穂―長野県出身の歌人・評論家・国文学者。島木赤彦、窪田空穂、若山牧水らと親しむ。「同人」「潮音」などを主宰（一八七六―一九五五）。

35

石亀《いしがめ》の生める卵をくちなはが待ちわびながら呑むとこそ聞け

【出典】『たかはら』所収（昭和五年）「近江番場八葉山蓮華寺小吟」中。

石亀が生んだ卵をヘビが今か今かと待ちわびては呑《の》み込んでしまうというではないか。

高野山アララギ安居会《あんごかい》の帰途、近江の蓮華寺《れんげじ》の窿応《りゅうおう》和尚を見舞った時の作である。窿応和尚は、蓮華寺（滋賀県）に入山し住職となる前、茂吉の生家に隣接する宝泉寺の住職として茂吉に多大な影響を与えた人物だ。大正十三年に脳溢血《のういっけつ》で倒れ右半身不随となった。それでも茂吉が見舞うと、慈父が子供に接する如くに温かく迎え入れていた。

茂吉《もきち》に何かうまきもの食はしめと言ひたまふ和尚のこゑぞきこゆる

【詞書】この寺に沢ありて亀住めり。亀畑に来たりて卵を生む。縞蛇といふ蛇、首を深く土中にさし入れて亀の卵を食ふとぞ

【語釈】○石亀―池や沼にすむヌマガメ科イシガメ科属のカメの総称。日本特産種のニホンイシガメは幼体を

（『ともしび』中「近江蓮華寺行　其一」）

今回の訪問はそれから五年ぶりのこと。茂吉がこの歌を詠んだ折のエピソードは詞書に書かれているとおり。同様の内容は自注でも語られ、感動した旨が述べられている。「亀は卵を呑まれるとも知らず、心を安んじて池に帰つてゆくさうであつた」とも記されている。

石亀の生命そのものである卵が生み落とされるのを、今か今かと待ちわびているという蛇、その蛇も自らの命を生き長らえるために卵を呑もうとするわけだ。それぞれが生きるために精一杯している行為といえよう。しかしながら、石亀が卵を生むのを「待ちわびる」という蛇の行いは、生きることの残酷さすら感じさせる。また、せっかく生まれてきた石亀の卵が易々《やすやす》と呑まれていくというはかなさも感じさせる。それは生きとし生けるものすべてが持つ残酷さであり、生命のはかなさでもあるだろう。

35の歌では茂吉が見舞った窿応和尚のことは触れられていない。が、脳溢血後長年常臥《じょうが》して衰弱が進んだ和尚の手足は細り、既に言葉も定かではなくなっている。石亀と蛇のエピソードに、恩師窿応を待つ生命流転の残酷さとはかなさとがひそかに響き合って、痛々しく感じさせる一首である。

銭亀《ぜにがめ》と呼ぶ。日本でもっと一般的な亀の種類。〇くちなわ―「朽ち縄」の意でヘビのこと。ここでは縞蛇をいう。日本の固有種として全国に分布するナミヘビ科のヘビ。全長一メートル前後。無毒。

36

油燈《ゆとう》にて照らし出《だ》されしみ仏《ほとけ》に紅《べに》あざやけき柿《かき》の実《み》ひとつ

【出典】『連山』所収（満州遊行）「千山　其一」中。

油燈に照らし出されている御仏の前に、鮮やかな紅色の柿の実がひとつ供えられている。

歌集『連山』は、南満州鉄道株式会社*の招待を受けて満州各地を巡った後、北平（現、北京）、京城（現、ソウル）を訪ね、日本の山陰地方を旅するまでの歌が収められている。昭和五年十月十一日から十一月三十日までの一ヶ月半の行程であった。

36の歌は、満州の千山《せんざん》（現、中国遼寧省鞍山市）を訪れたときの歌である。千山は主峰を中心にして奇岩がおりなす名勝地で、中国の五大聖地の一

【語釈】○油燈―油をゆっくり燃やして明かりとする中国古来の道具。ここでは洋燈《ランプ》と区別して表現されている。

*南満州鉄道株式会社―日露戦争後、日本の満州進出が本格化し、半官半民の南満

つとされる。茂吉は千山にある寺院の一つ龍泉寺の宿坊に泊まった。その部屋ではランプに照らし出され、御仏《みほとけ》の姿が浮き上がっている。

「この部屋は狭い処に大悲観世音菩薩の黒く煤《すす》けた像を安置し、油燈が幽かにともり、柿一つ供へてある。その前に洋燈《ランプ》がうすぐらく吊《つる》されてゐる。土間があり、三尺ばかりの土間から高く寝る場処がある。その下が温突《ヲンドル》で外部から薪《まき》をくべるやうになつてゐる。」(「満州遊記」)

右の記録からは部屋の状況や、御仏が大悲観世音菩薩であったこと等もわかる。油燈の煙で黒く煤《すす》けていただろうが、幽《かす》かな燈《ともしび》に浮き上がった御仏は気高く厳《おごそ》かだったことだろう。さらに、薄暗い室内では仏の前に供えられた紅色の柿がただ一つであっても油燈の光をうけてひときわ鮮やかに見え、御仏に輝きを与えている。柿の実の鮮やかな輝きは慎《つつ》ましくも篤《あつ》い御仏への思いを表しているかのようである。さり気ない景にしみじみとした異国的信仰心が漂っている。こうして歌集『連山』は異国情緒あふれる独自の世界を形作った。また、異国情緒は見物した風物に留まらず、中国語の表現にも及んだ。次は36の歌と同じ一連にある。

石のうへ小坐禅堂《せうざぜんだう》に文字《もんじ》あり「対此茫茫《たいしぼうぼう》」「笑爾茫茫《せうじぼうぼう》」

州鉄道株式会社(満鉄)が大連に設立された。満鉄は沿線の炭鉱経営にも携わり、満州への経済進出の足がかりとなった。

37

過去帳を繰《く》るがごとくにつぎつぎに血《ち》すぢを語りあふぞさびしき

【出典】『石泉』所収（昭和七年）「志文内　其三」中。

あたかも過去帳をめくるように、次々と亡くなった血縁者のことを語りあっているのは寂しいことだ。

歌集『石泉』の歌が詠まれた昭和六年、七年は、茂吉五十、五十一歳に当たる。五十代を迎えて「老い」の自覚はさらに高まっていったようだ。さらに、佐原窿応和尚の遷化《せんげ》（昭和六年八月十日）、長兄広吉の死（昭和六年十一月十三日）、医学の恩師呉秀三の死（昭和七年三月二十五日）など、身近な人々の死はその感覚を助長させた。中でも、五十八歳の若さで没した長兄への思いは深く、弟高橋四郎兵衛とともに北海道中川郡中川村志文内《しぶない》（現、中川町）で医院を営む次兄守谷

【語釈】○過去帳―寺で死者の俗名・法名・死亡年月日などを記しておく帳簿。○血すぢ―親・兄弟など血の繋がりがある間柄。血族。

富太郎を訪ねる旅へと繋がっていった。長兄の死去から九ヶ月の後、遠くに別れて暮らす三人の兄弟が久々に顔を合わせることのできた貴重な機会であった。

そうした折に出る話は、おのずと故郷のことであり、父のこと、母のこと、兄のこと、そして血の繋がる親族のことである。ところが、三人が親しかった故郷の人々はいつの間にか、皆が鬼籍《きせき》に入っている。思い出の人々を語ることはまるで、死んだ人々を記録する過去帳の頁をめくりながらそこに書かれた人のことを語り合っているようで、今更に寂しい思いがするというものである。同様の心情は次の歌にも表れている。

*うつせみのはらから三人《みたり》ここに会ひて涙のいづるごとき話《はなし》す

一方、昭和七年八月十四日から五日間志文内で過ごした歌の中には、厳しい気候の北国で慎ましく医院を営む次兄を思う情に溢れた歌も詠まれている。医者とはいえ、村医としての生活は質素であり、華やかなものとは程遠い。けれども、その姿を尊いと感じているのだ。過去帳の血筋ではなくうつつの血筋を思う心といえよう。

かすかなるもののごとくにわが兄は北ぐにに老いぬ尊《たふと》かりけり

おのづから白くなりゆきし髭《ひげ》そめて村医の業《げふ》に倦《う》むこともなし

*うつせみのはらから――「うつせみ」は現《うつ》し身の転、この世に生きていること。「はらから」は同胞、兄弟のこと。

38

ただひとつ惜《を》しみて置きし白桃《しろもも》のゆたけきを吾は食ひをはりけり

【出典】『白桃』所収（昭和八年）「白桃」中。

ただひとつだけ惜しんで取っておいた白桃のふっくらと甘いのを私は食べ終えてしまった。

茂吉が食べ物に強い執着を持っていたことは、微笑《ほほえ》ましいエピソードとして語られることが多い。特に大事にする食べ物は自分だけのために取って置くということも少なからずあったようだ。この白桃もそうした類の一つだったのだろうか。「ただひとつ惜しみておきし」には、食する時を楽しみにして大切にしまっておいたものであることがうかがわれる。このたびはしっとりと量感があり、甘い果汁が滴《したた》り落ちるような「ゆたけき」白桃である。そ

【語釈】○白桃―果肉は白く多汁で甘い。普通「はくとう」というがここでは大和言葉にくだき「しろもも」と読ませている。○ゆたけき―「豊か」の形容詞形。ふっくらと量感のあるさま。

して「吾は食ひをはりけり」にはその白桃を充分に堪能しつくして食べ終わったという満足感が滲《にじ》み出ている。それが白桃の芳醇《ほうじゅん》さを髣髴《ほうふつ》とさせている。白桃の豊かさをこれほどまざまざと感じさせる歌は他にあるまい。

昭和八年、九年の歌が収められる歌集『白桃《しろもも》』の初期は、安定と充実の歌から始まっている。長寿と生活の安定を歌う次の新年詠からもそれをうかがい知ることができる。

いのちながくして富《と》み足《た》らふさちはひ*を年のはじめにまうさざらめや

（「新春賦」）

38の歌もこのように安定した境地にあってこそ詠むことができた歌と考えられよう。けれども、歌集『白桃』の中期以降は激動の精神生活が待っていた。そのうちには、中年を過ぎた茂吉にして唯一の恋愛も生まれた。青山脳表院院長という立場上、自らはひた隠しに隠し、茂吉没後十年を経てようやく明らかにされたという事情を持つ恋で、喜びに満ち足りていたとばかりはいえなかったであろう。とはいえ、恋を得て躍動した茂吉の精神生活はこの白桃の歌にある豊かさに繋がるものではなかっただろうか。それこそが歌集『白桃』という表題の由来となったと考えられる。

*さちはひ――「幸《さち》はふ」の名詞形。

39

上《かみ》ノ山《やま》の町朝《あさ》くれば銃《つつ》に打たれし白き兎《うさぎ》はつるされてあり

【出典】『白桃』所収（昭和九年）「上ノ山滞在吟」中。

故郷上山《かみのやま》の町に朝来てみると、鉄砲に打たれた白い兎が店先に吊るされて売られていることだ。

【語釈】○上ノ山―山形県上山《かみのやま》市のこと。茂吉の生家がある。

懐かしい故郷で、朝、その市街地に来てみると、銃で打たれた白い兎が吊《つる》して売られているのが眼に入った。当時山に近い町では、猟師が撃った雉《きじ》や兎が売られているのは常のことだ。だから、普段であれば見過ごされるような景だったともいえる。しかし、このときは白く非力な兎が吊されているのが痛々しく身に染みて感じられたのである。自身の内に、痛々しくも弱いものを抱えているからこそ、この兎に心動かされ引き付けられたのであろう。

同じ連作には人との係わりを避け、一人雪降り積もる山間を訪れるという歌もある。

人いとふ心となりて雪《ゆき》の峡《かひ》流れて出づる水をむすびつ

このとき、茂吉が故郷上山を訪れたのは由々しい現実ゆえであった。昭和八年十一月八日の新聞各紙に所謂《いわゆる》〝ダンスホール事件〟が報道された。華麗なダンスホールでジャズを踊っては出入りする夫人や令嬢を餌食《えじき》にしていた不良ダンス教師を一掃するため警視庁で大々的な捜査を行ったというものである。中でも読売新聞では、このダンスホールに出入りした一人に「青山脳病院院長でアララギ派の歌人斎藤茂吉夫人輝子（三十九歳）」がいたことを実名入りで報道した。輝子自身は全くのデマと述べており、「食事を共にしたこともあり、横浜まで大勢でドライヴしたこともありますが、その時もダンスに行つた迄《まで》で、いまいましい関係なんかありません」（昭和八年十一月八日「東京朝日新聞」）と意に介していない如くである。

もはや真偽の程を知る術《すべ》はない。ただ、この三面記事が茂吉に与えた打撃が並大抵でなかったことは確かだ。痛々しくも銃に撃たれ、なおかつ吊して人に晒《さら》されている兎の姿に眼が留まったのも無理からぬことだろう。

40

弟《おとうと》と相むかひゐてものを言ふ互《かたみ》のこゝろは父母《ちちはは》のこゝろ

【出典】『白桃』所収（昭和九年）「上ノ山滞在吟」中。

弟と差し向かいで話をしている。と、お互いの声は父母が語り合っていた声と重なって聞こえてくる。

自分の声や兄弟の声が親の声に似るということはまま聞かれることである。遺伝的形質は年を取るにつれ鮮明になる場合があり、五十三歳の茂吉と四十八歳の弟の声はちょうど父親の声を彷彿《ほうふつ》とさせるものがあったのだろう。しかし、この歌にはそれだけでない何ものかが潜《ひそ》む。

上山《かみのやま》滞在の目的からすると「弟と相むかひゐてものを言ふ」、つまり、弟と二人差し向かいでしなければならない話は、もちろん、茂吉の妻輝子が係

【語釈】○弟―故郷上山で山城屋を営む実弟高橋四郎兵衛のこと。○互《かたみ》―おたがい。それぞれ。

わった〝ダンスホール事件〟の後始末と今後への対処ということになろう。声を潜めながら二人でそうした話をしていると、互いの声は、まさに両親が同じような声で同じような調子で話をしていた時そのものであることに気づかされる。父母はすでに亡くなってはいるけれども、父母兄弟の深い繋がりが今更のように思われてくるのだ。

東京で不愉快な事件に捲《ま》き込まれた茂吉が落ち着く所はやはり故郷しかなかったといえる。両親も亡くなり、生家を守っていた長兄もなくなった上山でこのとき一番頼りになったのは、同じ上山に住む実弟だったのであろう。故郷上山は精神的にも実質的にも茂吉を支える場所であったことがわかる。一首にはそうした意味で故郷と深く繋がる思いが託されている。

このスキャンダルに対して茂吉が行ったのは、輝子との別居と院長辞任の申し出であった。結局、輝子は、弟高橋四郎兵衛が営む山城屋に預けられた後、青山脳病院本院脇にある輝子の実弟宅で生活することとなり、茂吉とは東京大空襲後の昭和二十年四月まで十二年という長きに亘《わた》る離婚同然の別居となった。茂吉自身については、院長職のまま病院経営の第一線から退くことになった。これにより歌作や短歌研究を中心とした生活へと移行していった。

＊ダンスホール事件―前出歌39参照。

41

まをとめにちかづくごとくくれなゐの梅におも寄せ見らくしよしも

【出典】『暁紅』所収（昭和十一年）「紅梅」中。

純真な乙女に近づくように、美しい紅の梅に顔を寄せて見るのは嬉《うれ》しく喜ばしいことだ。

【語釈】○まをとめ―真乙女。純真な未婚の女性。「真」は完全、優れているの意。○おも―顔面。○見らくしよしも―見るのは喜ばしいことだ。

紅梅《こうばい》の花を完璧な美しさをもつ真乙女《まおとめ》にたとえ、その紅梅を間近で愛《め》でることの喜びが歌われている。春に先立って毅然《きぜん》と咲く梅の花の姿を真乙女の近づき難いイメージで表しながらも、そこに顔を寄せて紅に色づく梅の花の艶《あで》やかさを満喫する歌としている。

このように艶やかで瑞々《みずみず》しい作歌の背景に秘められた恋愛があったことが公にされたのは、茂吉没後十年を過ぎたときだった。周囲の勧めもあって愛人永井ふさ子自身によって書簡が公開されたのである。二人の出会いは昭和九年九月十六日、百花園で正岡子規三十三回忌歌会が催されたときである。これは妻輝子のスキャンダルによって打ちひしがれていた茂吉が、それを忘れるかのように柿本人麿*の研究に没頭していた時期でもある。子規と血縁関係があり美貌《びぼう》で歌も能《よ》くするふさ子の存在は、孤独の内に心の痛みを抱えていた茂吉に再生の力を与えたようだ。茂吉五十三歳、ふさ子二十五歳のときである。歌集『暁紅』には恋人のふさ子の存在を思わせる歌が散見する。

清らなるをとめと居れば悲しかり青年《をとこ》のごとくわれは息づく（「秋冬雑歌」）

若人《わかひと》の涙《なみだ》のごときかなしみの吾にきざすを済《すく》ひたまはな　（「路地」）

しかし、青山脳病院院長という肩書きを持ち、歌人としても名声を獲得している茂吉にとってふさ子との将来は初めから考えられなかった。結局、ふさ子は結納《ゆいのう》を交わしていた青年医師との婚約解消と茂吉との別離を決意して、昭和十三年二月故郷松山に帰り、茂吉との愛を胸に生涯独身を通した。茂吉にとっても唯一の激しい恋愛であり、その間の歌には各所に恋愛の刻印が残されている。41の歌も、紅梅にふさ子を見立てたと理解することができそうだ。

＊柿本人麿―万葉集において、宮廷歌人として活躍した歌人。アララギ派が手本とした。茂吉の人麿研究の成果『柿本人麿』は昭和九年から刊行され始め、〈総論篇〉〈鴨山考補註篇〉〈評釈篇之上〉〈評釈篇之下〉〈雑纂篇〉の計五冊に及ぶ。なお、この研究については昭和十五年五月に帝国学士院賞が授与された。

42

皇軍《みいくさ》のいきほひたぎり炎《ほのほ》だちけがれたるもの打ちてしやまむ

【出典】『寒雲』所収（昭和十四年）「国祝ぎ」中。

天皇《すめらみこと》の率いる我軍の勢いは沸き立ち炎が立つように穢《けが》れた敵軍を必ず打ちのめすのだ。

ダンスホール事件以来、身辺に落ち着かない出来事が続く茂吉だったが、時局の方も急展開していた。五・一五事件（昭和七年）以来、政党政治は幕を閉じて挙国一致内閣が始まり、二・二六事件（昭和十一年）からは、軍部の力がますます強大になっていった。『寒雲《かんうん》』の詠まれた昭和十二年に至っては、七月の盧溝橋《ろこうきょう》*事件から日中戦争が始まり、日本は軍事国家へと傾斜していった。そのためか、『寒雲』の時期になると、優れた自然詠に混じっ

【語釈】○皇軍―天皇が率いる軍隊。○けがれたるもの―皇軍の勢いに反する者。○打ちてしやまむ―打ちのめしてしまおう。万葉時代の古い表現。

*盧溝橋事件―一九三七年、北京近郊の盧溝橋で日中両

軍が衝突し、日中戦争の引き金となった。

て所謂《いわゆる》戦争詠が増えてくる。右の歌はその典型といえる。日本軍を〝皇軍〟と呼び、それに反するものを〝けがれたるもの〟と言い切り、それらを叩《たた》きのめそうと高らかに歌うのは、近代知識人としての冷静な判断に欠けていたといわざるを得ない。後に非難を受けるようになった所以《ゆえん》である。けれども、小学校時代に日清戦争、高校時代に日露戦争、その後も第一次世界大戦の勝利を経験してきた茂吉はごく庶民的な感覚として日本の勝利を確信していたといえる。次に挙げる歌からわかるように、戦後になってからも天皇の臣下《しんか》という認識を持つ茂吉にとって、戦争讃歌は思いの外身近なものだったのだ。それだけに、読者である庶民に訴える力も強かったと考えられる。

みちのくの農《のう》の子にしてわれつひに臣《おみ》のひとりと老いづきにける

（『つきかげ』中「猫柳の花」）

戦争讃歌を詠んだことは褒《ほ》められない。が、『寒雲』『暁紅』のほか未刊歌集の『いきほひ』『とどろき』『くろがね』『歌集稿本』（計一六一一首）等の膨大な戦争詠を無視して茂吉の歌の全体を論ずることはできまい。この時代、多くの歌人が戦争に協力したが、時代が生んだあだ花として記憶しておく必要があろう。茂吉はまた、こうした歌々を乗り越えて多くの秀歌を詠むことになる。

43

据ゑおけるわがさ庭べの甕《かめ》のみづ朝々澄みて霜ちかからむ

【出典】『霜』所収（昭和十七年）「しぐれ」中。

据え置いてある我が家の庭先の甕の水が、朝ごとに澄んできた。もうじき霜が降りてくることだろう。

茂吉に師事し、茂吉研究家としてその日常生活にも詳しい＊柴生田稔《しぼうだみのる》が「今＊記憶がはっきりしないが、たしか青山の家の中庭に甕が据えてあった」云々と述べたのは次に挙げる「歳晩」（『霜』所収）の一首である。この頃、茂吉は転居などしていないから43の歌の「据ゑおけるわがさ庭べの甕」も恐らく同一のものと考えられる。

こがらしの吹きとほるおと庭隈《にはくま》にするゐたる甕《かめ》のへにも聞こゆる

【語釈】○さ庭べ―「さ」は、古来使われてきた接頭語だが、その古典的な語調が一首の澄み切った詠みぶりとよくマッチしている。「べ」はその辺りの意。

＊柴生田稔―歌人・国文学者。茂吉の下で歌作すべく

自室に近い庭の一角に据えられていた甕の水を作者は、日頃から近しいものと感じ眼にしていた。その甕の中の水が一日ごとに冷え冷えと澄み透って行く。冬が近づいて空気が冴え冴《さざ》えと冷たくなってきたためだろう。そこで、空気を結晶させたような霜の降りる日もそろそろ迫っているだろうと想像する歌となった。この冴え切って澄んだ水のさまは、そのまま作者の心の透徹を示しているようだ。

ところで、歌集『霜』は還暦《かんれき》を迎えたことを詠む「暁の水」という連作から始まっている。

六十《ろくじふ》になりつつおもふ暁《あかつき》の水《みづ》のごとく豈《あに》きよからめ

暁の水のごとく清いことを願いながら、そのようになりきれない不安が歌われていた。それが歌集終盤に詠まれた43の歌においては、まさに当初望んでいたような清い心境となり得ていることを示しており、歌集『霜』の至りついた境地となった。太平洋戦争のただ中にあり、一方では未刊歌集『いきほひ』(昭和十六年)、『とどろき』(昭和十七年) など〝死骸の如き累々とよこたはる〟戦争讃歌を詠んでいるただ中で、こうした歌境に至っていることは驚きに値する。

昭和初年にアララギに入会。茂吉研究家としても著名。歌集『春山』など。(一九〇四—一九九一)

*今記憶が……——土屋文明編『斎藤茂吉短歌合評下』(昭和六十年　明治書院)による。

小園《せうゑん》のをだまきのはな野のうへの白頭翁《おきなぐさ》の花ともににほひて

【出典】『小園』所収（昭和二十年）「疎開漫吟（二）」中。

近くの畑にはおだまきの花が、向こうの野原には白頭翁の花がともに美しく咲きにおっていて…。

〝をだまきのはな〟〝白頭翁〟は、ともに茂吉短歌に頻出する草花である。いずれも故郷上山《かみのやま》での思い出と関わりが深く、第一歌集初版『赤光』から印象深く歌われている。

山いづる太陽光《たいやうくわう》を拝みたりをだまきの花咲きつづきたり

（初版『赤光』中「死にたまふ母　其の二」）

おきなぐさに唇《くちびる》ふれて帰りしがあはれあはれいま思ひ出でつも

【語釈】○小園―小さな園または畑。○をだまき―初夏、青紫色または白色の五弁花を下向きにつけるキンポウゲ科の多年草。○白頭翁―日当たりのよい山野に自生するキンポウゲ科の多年草。春、暗紅紫色の花を開く。全体を覆う羽毛と銀

（初版『赤光』中「折々の歌」）

白色に伸びるめしべの先が老人の白髪を思わせる。

44の歌では、近くの畑に咲く〝をだまきのはな〟と、その先の野に咲く〝白頭翁〟の二つが同時に持ち出され、「ともににほひて」と咲き誇るさまが歌われている。故郷の懐かしい花々に囲まれる喜びにあふれているといえるだろう。

本土が空襲されるなど戦局が厳しくなったために、故郷上山金瓶《かながめ》に疎開していた時の歌である。茂吉が疎開のため単身東京を発ったのは昭和二十年四月十日。妹なおの嫁ぎ先である金瓶の斎藤十右衛門家の土蔵を借りて生活を始めた。ここでの生活については『小園《しょうえん》』後記に詳しい。

「私は明治二十九年、十五歳でこの村を出て東京に行つたのであるから、五十年ぶりで二たびこの村に住むことになつたのである」「私は別に大切な為事もないのでよく出歩いた。（中略）金瓶村の寺、隣村の寺、神社の境内、谷間の不動尊寺は殆《ほとん》ど皆歩いた。さうして少年であつたころの経験の蘇《よみが》へつてくるのを知つた」。疎開生活は難渋することも多かったが、懐かしい故郷の自然に包まれて幸福感を味わうこともあったと知られる。この歌は歌集『小園』の由来となった歌と考えられる。

45

沈黙《ちんもく》のわれに見よとぞ百房《ひやくふさ》の黒き葡萄《ぶだう》に雨ふりそそぐ

【出典】『小園』所収（昭和二十年）「岡の上」中。

沈黙している自分に見よといっているかのように、黒々と実をつけているたくさんの葡萄に雨が降り注いでいる。

【語釈】○黒き葡萄―野生の山葡萄か。

故郷上山《かみのやま》疎開中の詠吟も、昭和二十年八月十五日の敗戦を挟んで大きく変化を見せる。この歌は、次に挙げる歌と同様、敗戦後の作である。

このくにの空を飛ぶとき悲しめよ南へむかふ雨夜《あまよ》かりがね
くやしまむ言《こと》も絶えたり炉《ろ》のなかに炎《ほのほ》のあそぶ冬のゆふぐれ
（『小園』「疎開漫吟（三）」）

日本の勝利を確信していた茂吉にとって敗戦はこの上ない打撃であった。

敗戦の悲しみを南に渡る雁に呼びかける一方、その時の悔《くや》しさ悲しさは余りに深く「くやしまむ言も絶えたり」というように、生半可な言葉に表すことができないほどだ。これこそ45の歌にある「沈黙のわれ」ということになろう。そのような「われ」に、天は「見よ」と命じているかのように百房の黒い葡萄の上に雨を降り注いでくる。

戦時中であることを考慮すると「黒き葡萄」は野生の山葡萄等と考えるのが自然だろうか。充分に熟していることを表す「黒き葡萄」だが、秋の実りとはうらはらに、雨にぬれそぼつ葡萄の〝黒〟は不吉な何者かを暗示させていよう。それが百房も眼前に広がり、作者自身にも判然としない不安が迫っていることを思わせる。あるいは、この百房の黒い葡萄こそ、茂吉が戦時中に累々と詠み続け、歌人として今や負の遺産となった多量の戦争讃歌を象徴しているのかもしれない。

懐かしい故郷の山野を散策しながら、今までとは違う暗闇が忍び寄るのを自然のうちに感じているのではないだろうか。とはいえ、作者がそれに直面するのは未だ先のことである。

＊野生の山葡萄―山形は果物の生産で名高いが、戦時中は果物の生産が制限され、穀類に転作されることが多かった。

最上川《もがみがは》の上空《じやうくう》にして残れるはいまだうつくしき虹の断片《だんぺん》

【出典】『白き山』所収（昭和二十一年）「虹」中。

最上川の上空はるか彼方に残っているのは、消えそうになりながらもまだ美しい虹の一片だ。

【語釈】○最上川―山形県を流れる川。茂吉が疎開していた大石田近くを流れる。○断片―切れ切れになった一片。

終戦を迎え、疎開先の十右衛門家から応召していた三人の甥《おい》達も順次復員するようになると、茂吉は次の移転先を考えなければならなかった。そうして、山形県内の大石田へ移ったのは昭和二十一年一月三十日のことである。大石田に居るアララギ会員の板垣家子夫《かねお》の薦めによって、二藤部兵衛門家の離れ（茂吉はここを「聴禽書屋《ちようきんしよおく》」と呼んだ）に住んで、アララギの大歌人として戦後とは思えないような手厚い援助を受けた。

最上川はこの〝離れ〟近くを流れており、茂吉がしばしば訪れる場所となった。この歌は台風が去った後の雨上がりのさわやかな朝の景である。虹を心ゆくまで楽しみ、やがてそれが消えかけて、切れ切れになる刹那《せつな》まで虹の姿を目で追っている。切れかけてゆく虹の美しさを愛惜する詠み振りは切ないほどで、美しい虹に見惚《ほ》れ没入している様子が看取できる。

ところで、同じ連作には次のような歌も含まれている。

軍閥《ぐんばつ》といふことさへも知らざりしわれを思へば涙しながる

疑うことなく戦争讃歌を歌い続けたことに対する口惜しさであるとともに自己防衛の歌ともなっている。アララギ会員に守られ、平穏にみえる大石田での生活も敗戦による痛手は存外深かった。とくに、自らの歌が刃《やいば》となって身に迫ってくるとは予想だにしていなかったことだろう。思いもかけなかった心労が襲いかかっていたと知られる。

そうした時、何からも解放されて見入る川の流れ、そこにかかる虹など最上川の自然はいかばかり茂吉を慰めたことだろう。茂吉は「芭蕉の俳句に負けない歌を作って、一首でも後世に残るようにしたい」（板垣家子夫『斎藤茂吉随行』）という意気込みで、大自然に向かっていたのである。

47

最上川逆白波《さかしらなみ》のたつまでにふぶくゆふべとなりにけるかも

【出典】『白き山』（昭和二十一年）「逆白波」中。

最上川の水が白く逆波を立てるほど強い雪が吹き付ける夕暮れになったことだ。

積もった雪の中、空からはさらに雪が吹き付けてくる。その強い風によって、最上川の水も逆巻き白い波を立てながら暮れていこうとしている。逆白波に焦点をあてることによって、厳しく人を寄せ付けない自然に対峙《たいじ》し、「なりにけるかも」という堂々とした万葉調で格調高く歌い上げた。昭和二十一年二月十八日の日記には「午後四時散歩、大吹雪トナリ、橋上行ガタイ様子トナツタ、最上川逆流」とあり、このとき刻まれた印象から詠まれたと

【語釈】○逆白波―「逆波」は流れの方向にさからって立つ波のこと。それに「白」を入れて「逆波」の様子を明確にした。造語。

推測できる。周辺の日記からも「大吹雪」の記述が散見する。

故郷上山《かみのやま》からそれほど遠くはない大石田ではあるが、六十五歳の茂吉にとって当地の冬はことのほか厳しかったようだ。大石田で過ごした一年目の冬は左側湿性肋膜炎《ろくまくえん》、二年目の冬は左半身麻痺《まひ》症状*と二度も死に直面するような肉体的打撃をうけ、離れて暮らす次男の宗吉に「父は六月には帰京したいと思つて居る。冬は父にはもうこらへきれません」*と書き送り、大石田から離れる決意をした。実際に帰京したのは三度目の冬を目前とした昭和二十二年十一月のことである。

こうした厳しい自然の中にある美を端的に表したのが「逆白波」という語であろう。冬の暮れ方、水が逆流するような厳しい景の内にも白く輝きのある世界を作り出している。「白き逆波」（茂吉）「逆さ白なみ」（中村憲吉）等の用例があることは指摘されているものの、「逆白波」という一語は硬質な美しさで格別な光を放っている。

このように、一首は吹雪《ふぶ》く最上川の描写となっているが、「逆白波」に向かって立つ茂吉の姿は、容赦なく襲い来る厳しい試練に立ち向かう姿でもあるかのように感じられる。

＊左半身麻痺症状―茂吉は自身で軽度の脳出血があったと判断している。
＊父は六月には……―昭和二十二年二月二十二日　斎藤宗吉宛書簡。斎藤宗吉は、小説家北杜夫のこと。

48

いつしかも日がしづみゆきうつせみのわれもおのづからきはまるらしも

【出典】『つきかげ』所収（昭和二十七年）「無題」中。

いつの間にか知らないうちに太陽は沈もうとしており、この世を生きている私の命もおのずと終《しま》いになるようだ。

【語釈】○いつしかも―いつの間にか知らないうちに。○うつせみ―「現身」。この世に生きている人。○おのずから―自然とそのようになるさま。○きはまる―究極に達して終わりになること。

太陽が沈み行くように、自分の命の終焉《しゅうえん》が近づきつつあることを予感している歌。「いつしかも」は、単に時間が経過していることを示すだけではなく、作者の精神が朦朧《もうろう》とした境に漂っていることをうかがわせる。こうした面は、次に挙げる「冬の魚」（『つきかげ』）からも知られる。

茫々としたるこころの中にゐてゆくへも知らぬ遠《とほ》のこがらし

これはぼんやりとした精神状態にあってすべてが遠くに感じられるという

歌だ。このように、茫茫《ぼうぼう》とした境地の中でも歌だけは詠み続けるというところに茂吉の強靭《きょうじん》な意志が見られる。歌集『つきかげ』は平凡な歌が多いという理由で低く評価されがちだけれども、誰もが避けて通ることのできない死を目前とする衰弱の中、それを受け入れながら、なおも自分自身の心を見つめるという点で一つの境地に達しているのは確かだ。人生の究極まで辿《たど》った歌集として今後見直されるべきであろう。

ところで、『つきかげ』は茂吉の没後に出版された。前半の編集は茂吉が行っていたが、後半は門人の山口茂吉*・柴生田稔*・佐藤佐太郎*などによって編集された歌集である。48の歌はその折に、歌集の末尾を飾る一首として据えられることになった。作歌順からすれば最後の歌ではないが、茂吉の辞世の歌として相応《ふさわ》しい。

いかなる場合も全力で生き、幾たびもの試練を潜り《くぐり》抜けては、その度に抒情が揺り動かされて絶唱を生み出してきた茂吉の人生は、昭和二十八年二月二十五日満七十才歳九ヶ月で静かに閉じられた。すでにこの時、郷里上山《かみのやま》の宝泉寺には茂吉五十五歳の折に建立《こんりゅう》された墓が用意されていた。茂吉が郷里を愛し、郷里に帰ることをいかに切望していたかということがうかがえる。

*山口茂吉―歌人。歌集『赤土』など（一九〇二―一九五八）。
*柴生田稔―43脚注参照。
*佐藤佐太郎―09脚注参照。

歌人略伝

明治十五年（一八八二）五月十四日山形県南村山郡金瓶《かながめ》（現、上山市《かみのやまし》）に守谷家の三男として生まれる。母いく死去の折は「死にたまふ母」五十九首が詠まれ、父熊次郎の死去に際しては随筆「念珠集《ねんじゆしゆう》」が執筆された。少年時から優秀だった茂吉は、親戚筋の斎藤紀一（当時は浅草医院を営む）に見込まれ上京、二十三歳の時、紀一の次女輝子十一歳と養子縁組し斎藤姓となる。その後、養父紀一の跡を継ぎ、日本一の私立病院といわれた青山脳病院の院長に就任した。

歌作を志したのは正岡子規『竹の里歌』との出会い（二十二歳）からで、伊藤左千夫に入門の後、アララギ派の中枢となっていく。歌集は、『赤光』『あらたま』から始まり、後期の代表作『白き山』、遺稿集『つきかげ』まで十七を数える。また、『童馬漫言』（大正八年）・『短歌写生の説』（昭和四年）をはじめ、多くの歌論を執筆することによって、島木赤彦らとともにアララギの体制を磐石《ばんじやく》なものとしていった。こうした中、柿本人麿研究の業績が認められ帝国学士院賞（昭和十五年）が授与された。戦時中、多量に作成した戦争讃歌への批判は晩年の茂吉を苦しめたが、帝国芸術院会員・昭和天皇への御進講（昭和二十二年）・文化勲章授与（昭和二十六年）など、歌人としての栄誉に浴することも多かった。一方、家業の青山脳病院は、火災（大正十三年）と戦災（昭和二十年）によって二回焼失したが、茂吉は二度ともに復興を成し遂げている。

昭和二十八年二月二十五日心臓喘息《ぜんそく》のため死去、享年七十年と九ヶ月であった。

略年譜

年号	西暦	年齢	茂吉の事跡	歴史事跡
明治　十五年	一八八二		五月十四日山形県南村山郡金瓶村（現、上山市）に守谷家三男として生まれる。	
明治二十一年	一八八八	6	金瓶尋常小学校入学。	
明治二十七年	一八九四	12		日清戦争
明治二十九年	一八九六	14	上京。斎藤紀一方に寄寓。東京府開成尋常中学校編入。	
明治三十五年	一九〇二	20	第一高等学校入学。	
明治三十七年	一九〇四	22	子規の『竹の里歌』を読む。	日露戦争
明治三十八年	一九〇五	23	紀一次女輝子の女婿《じょせい》で入籍。東京帝国大学医科大学入学。	
明治三十九年	一九〇六	24	伊藤左千夫に入門。	
明治四十四年	一九一一	29	東京府巣鴨病院医員に就任。	
大正　二年	一九一三	31	第一歌集『赤光』（東雲堂書店）	

刊行。

大正　三年　一九一四　32　　第一次世界大戦

大正　六年　一九一七　35　長崎医学専門学校教授兼県立長崎病院精神科部長就任。

大正　九年　一九二〇　38　「短歌に於ける写生の説」を連載。

大正　十年　一九二一　39　歌集『あらたま』（春陽堂）刊行。改選『赤光』刊行。

大正　十一年　一九二二　40　欧州留学（〜大正十三年十二月まで）。

昭和　二年　一九二七　45　青山脳病院院長就任。

昭和　四年　一九二九　47　『短歌写生説』（鉄塔書院）刊行。

昭和　五年　一九三〇　48　満州旅行。

昭和　七年　一九三二　50　次兄を訪ね北海道・樺太を巡る。　五・一五事件

昭和　九年　一九三四　52　永井ふさ子と出会う。

昭和　十五年	一九四〇	58	歌集『寒雲』（古今書院）・歌集『暁紅』（岩波書店）等の刊行。『柿本人麿』の業績に帝国学士院賞が授与される。	
昭和　十六年	一九四一	59		太平洋戦争
昭和　二十年	一九四五	63	郷里の山形県金瓶に疎開。	三月東京大空襲・八月敗戦
昭和二十一年	一九四六	64	山形県大石田町に移転。	
昭和二十二年	一九四七	65	歌集『遠遊』（岩波書店）他、歌集・歌論の刊行相次ぐ。大石田より東京世田谷区代田に帰還。	
昭和二十四年	一九四九	67	歌集『白き山』（岩波書店）刊。以降も各種出版が続く。	
昭和二十五年	一九五〇	68	東京新宿区大京町に移転。	
昭和二十六年	一九五一	69	文化勲章を授与されて参内する。	
昭和二十八年	一九五三	71	二月二十五日心臓喘息のため死去。享年七十年九ヶ月。	

（注）「歌人略伝」及び「年譜」は満年齢による。

解説　「アララギ派中核としての歩み　斎藤茂吉」――小倉真理子

はじめに

斎藤茂吉の人生を通観するに、それは成功者の歩みといって差し支えないだろう。数え十五歳の時、山形県上山から親戚筋の斎藤紀一の元に上京して、開成中学から東京帝国大学医科大学へと進学を果たし、紀一の次女輝子との養子縁組もなされ、当時日本一の私立病院といわれた青山脳病院の院長となった。その一方で、歌人としてアララギ派の中枢で活躍し、その功績から、学士院賞、文化勲章などの栄誉に浴することもできた。

上京当時の思い出が語られている「三筋町界隈」には、茂吉が中学時代に傾倒しノートに写したという幸田露伴の文章が掲載されている。それは闘鶏に関する一節で「鶏の若きが闘ひては勝ち闘ひては勝つ時には、勝つといふことを知りて負くるといふを知らざるまま、堪へがたきほどの痛きめにあひても猶よく忍びて、終に強敵にも勝つものなり。また、若きより屢〻闘ひてしばしば負けたるものは、負けぐせつきて、痛を忍び勇みをなすといふを知らず、まことはおのが力より劣れるほどの敵にあひても勝つことを得ざるものなり。鶏にても負けぐせつきたるをば、下鳥《したどり》といひて世は甚だ疎む。人の負けぐせつきたるをば如《いか》で愛で悦ばむ」とある。

露伴の処世訓に励まされながら、まさに、茂吉は〈勝ち鶏〉のような人生を突き進んでいったといえよう。けれども、〈勝ち鶏〉が「堪えがたきほどの痛きめ」に合うように、茂吉に訪れた試練は度重なり、いずれもたやすくはなかった。アララギ派中枢としての責任を生涯負っていかなければならなかったのは当然としても、斎藤家において茂吉の存在を脅かす嫡男の誕生、妻輝子との不和、喀血による闘病生活、青山脳病院の火災とその復興、東京空襲のための疎開、空襲による再度の病院焼失とその復興、戦時中詠んだ戦争讃歌への非難など、実生活で茂吉が負わなければならない責務は一通りではなかった。しかもその闘いは孤独ですらあった。

「あかあかと一本《いっぽん》の道《みち》とほりたりたまきはる我《わ》が命《いのち》なりけり」(『あらたま』)で象徴されるように、誰にも侵されない一筋の大道を突き進みながら、茂吉の心は、悲しみや寂しさ、孤独な痛みで満ち溢れていたのである。幾多の艱難辛苦《かんなんしんく》を乗り越えながら、茂吉の心のうちは、十五歳で一人東京に上京してきた少年の打ち震える心のままであったともいえるのではないだろうか。このような茂吉の心に生き続ける孤独と純心とが結晶されたのが茂吉短歌だったといえる。

正岡子規『竹の里歌』との出会い

第一高等学校に進学し、表面的には平均的な高校生活を送っていた茂吉に画期的な変化が起こった。歌作に対して少なからぬ興味を抱いていた茂吉が神田の貸本屋で偶然見つけた『竹の里歌』によって歌作の方向が決定付けられたのである。「思出すことども」には、「巻頭から、甘い柿もある。渋い柿もある。『渋きぞうまき』といつた調子のものである。僕は嬉しくて溜らない。なほ読んで行くと『木のもとに臥せる仏をうちかこみ象蛇どもの泣き居るところ』とか、『人皆の箱根伊香保と遊ぶ日を庵にこもりて蝿殺すわれは』などいふ歌に逢着する。僕は溜らなくなつて、帳面に写しはじめた」とある。

アシビ・アカネ・アララギ

このような茂吉が、子規の後継者である伊藤左千夫の門を叩くのは時間の問題でしかなかった。左千夫に入門した茂吉はいよいよ「馬酔木《アシビ》」の新人となったのである。「馬酔木」は亡き子規を中心とした根岸短歌会の機関雑誌として明治三十六年六月に発足したもので、伊藤左千夫が主宰していた。しかし、茂吉が入門した頃、左千夫は「野菊の墓」などの小説執筆に関心を向けており、明治四十一年一月をもって「馬酔木」は終刊となった。

これを受ける形で発足したのが、明治四十二年二月創刊の「アカネ」で、編集は根岸派の新進気鋭として注目される三井甲之《こうし》だった。左千夫は「馬酔木」の後裔《こうえい》として「アカネ」を三井に託したのである。けれども、三井が左千夫の文学活動に激しい批判と攻撃をしたため、両者の間に齟齬《そご》が生じた。こうした中、上総の蕨真から新雑誌刊行の計画が持ち上がり、これに茂吉らが同調して明治四十一年十月に「阿羅々木《アララギ》」が刊行された。その後、信州の柿乃村人（島木赤彦）の主宰する「比牟呂《ひむろ》」と合併して東京の左千夫宅から改巻第一号の「阿羅々木《アララギ》」を刊行し再出発することとなったのである。なお、第二巻からは題字を「アララギ」に一新した。

左千夫との対立と『赤光』刊行

森鷗外の発案によって明治四十年三月に始められたものに観潮楼歌会がある。当時、短歌の結社として鋭く対立する存在であったアララギ派と明星派との交流を目的とした会である。茂吉は明治四十二年一月九日に初めて出席した。ここで、与謝野鉄幹・石川啄木・上田敏・佐佐木信綱・北原白秋・木下杢太郎・吉井勇らとの交流を持つことが出来たのは、茂吉にとって大きな収穫であった。この歌会の影響もあってか、茂吉や赤彦・小泉千樫・中村健吉などアララギの若手は、新しい歌風を切り開くことに眼を向けていった。それが恩師左千夫との対立を引き起こし「強ひられたる歌論」(左千夫　明治四十五年六月)を頂点に、アララギ誌上で激しい論争が繰り広げられることとなる。ところが、その和解がなされぬまま左千夫が急逝してしまった。大正二年十月に刊行された茂吉の第一歌集『赤光』(初版)は、師を失った悲しみと混乱が生々しく反映された「悲報来」という連作から始まっている。なお、この『赤光《しゃっこう》』(初版)は編集しなおされ、八年後に改選『赤光』が刊行された。

赤彦の上京と「アララギ」

『赤光』刊行後の大正三年の頃、「アララギ」は小泉千樫《ちかし》が編集、茂吉が会計を担当していた。が、千樫の編集は遅延が続き、雑誌運営の先行きが見えないという深刻な問題を抱えていた。これが諏訪の島木赤彦に上京(大正三年四月)を促すことになった。

若手を中心に新しい「アララギ」が確立されていたこの時期、教育者として豊富な経験をもつ赤彦は後進の会員を指導して次世代の「アララギ」を築いていく上で打って付けの存在であり、以後、「アララギ」の体制は赤彦を中心に固められていくことになる。一方、赤彦に編集を譲ってからの茂吉は、求心的な「アララギ」体制からやや離れて、新聞や「アララギ」以外の雑誌などにも手を伸ばしていった。こうした活動は赤彦から非難を受ける場合もあったが、「アララギ」編集の雑務から解放された茂吉は、意の赴くままに歌の世界を広げることができた。

写生説の確立

大正六年十二月から三年四ヶ月に亘って、茂吉は長崎医学専門学校精神科教授兼附属病院の県立長崎病院精神科部長という多忙な生活を送った。また喀血による闘病生活も重なり長崎時代の歌作には停滞が見られる。そのかわり、「短歌に於ける写生の説」(「アララギ」大正九年四月〜十一月)を展開し「実相に観入して自然・自己一元の生を移す。これが短歌上の写生である」という茂吉独自の写生論を確立した。「写生」は子規が提唱したものでアララギの根幹に係わる主張だから、アララギ同人の内部でも重要な問題として種々に論じられていた。それが、大正七年になると、アララギ外部からアララギの歌風とともに激しい批判を受けることになってきた。それらは主として赤彦の論に向けられたものだったが、茂吉は赤彦を擁護しつつ自らの写生論の正当性を示すために評論を書き継いでいくことになった。大正八年から盛んに行われている評論活動はこうした中から生まれたのであり「短歌に於ける写生の説」はその中でも最大の成果であった。

赤彦の死と「アララギ」編集

茂吉が長崎での日々を送り、継いで、ウィーン・ミュンヘンへと留学している間、アララギの体制を整えるために尽力したのは赤彦だった。茂吉が留学から帰国した折は、アララギの体制に「赤彦及びその門下生の専横」を感じつつも、互いの歌作を認め合いつつ良友として結びつきは強かった。その赤彦が大正十五年三月二十七日に胃癌のため四十九歳の生涯を閉じた。茂吉は「島木赤彦臨終記」(「改造」大正十五年五月)を執筆し、その後、再び「アララギ」の編集発行人となった。その結果、釈迢空「歌の円寂する時」(大正十五年七月「改造」)をはじめ、赤彦の指導体制に対する批判、ひいては「病雁論争」に至る様々な批判を受け、アララギの代表者としてその矢面に立つことになった。

文筆活動・柿本人麿研究など

アララギ派の基盤が確立していくに伴い、歌作ばかりでなく、様々な短歌研究も行われた。「源実朝」(「改造」昭和三年一月)・「正岡子規」(「改造」昭和三年六月)・「明治大正和歌史」(『短歌講座』第一巻、昭和六年、改造社)・「近世歌人評伝」(『岩波講座日本文学』、昭和七年、岩波書店)・「短歌声調論」(『短歌講座』第四巻、昭和七年、改造社)・「アララギ二十五巻回顧」(「アララギ」昭和八年一月)等枚挙にいとまがない。特に、柿本人麿研究には力を尽くし、昭和十五年五月十四日に帝国学士院賞が授与された。また、戦後にも多量の著述が刊行された。戦争によって焼失した病院再建のため印税を得る目的でもあったが、結果的には茂吉の仕事を集大成することになった。『茂吉小文』(昭和二十四年、朝日新聞社)・『島木赤彦』(昭和二十四年、角川書店)・歌集『小園』(昭和二十四年、岩波書店)・『幸田露伴』(昭和二十四年、洗心書林)・歌集『白き山』(昭和二十四年、岩波書店)等と続く。

アララギの変化

敗戦後、東京の街が変わったように、歌壇の動きも変わっていた。茂吉が土屋文明を中心としたアララギの新しい動きに対して「土屋幕府」という表現を使ったのは昭和二十三年二月のことである。茂吉が疎開で東京を離れ、アララギとも疎遠になっている間、文明がアララギを統括して指導する立場となっており、茂吉は第一線から退いた形となった。無論、茂吉はアララギへの寄稿に誠意を尽くしていたし、文明とても茂吉を尊重しており、親密な関係は失われていない。しかし、文明の直系の門人である近藤芳美や杉浦明平などは、戦争讃歌を詠んだ茂吉の社会性・思想性の欠如に対して厳しく追及した。往年は全力的な論争を繰り返し負けることを知らない茂吉であったが、体力の衰えを感じる中、静観するという態度をとらざるを得なかった。茂吉はアララギの中心から一歩退いたところで、歌人としての栄誉の場を得ていたというべきであろう。

昭和二十二年から二十五年までは宮中御歌会始の選者を務め、昭和二十四年五月には日本芸術院会員として高浜虚子・宇野浩二・河井酔茗・窪田空穂・金子薫園らとともに宮中に参内。さらに、昭和二十六年十一月には文化勲章が授与された。

読書案内

『斎藤茂吉ノート』（筑摩叢書21）　中野重治　筑摩書房　一九六四
茂吉文学の秘奥を探り、他のアララギ歌人にも言及。作歌論・文学論として定評ある名著。
○
『日本近代文学大系第43巻　斎藤茂吉』　本林勝夫　角川書店　一九七〇
『斎藤茂吉論』（角川書店）や『斎藤茂吉の研究』（桜楓社）など、茂吉論の第一人者による注釈書。『赤光』『あらたま』の他『童馬漫語』等を収める。
○
『評伝　斎藤茂吉』　藤岡武雄　桜楓社　一九七五
斎藤茂吉評伝研究の第一人者による著作の一つ。茂吉の基本的文献として貴重。
○
『増補　斎藤茂吉』　梶木剛　芹澤書店　一九七七
正岡子規をはじめ、赤彦・文明・佐太郎などアララギ派歌人への広い視野を持つ著者が茂吉短歌に迫る。
○
『茂吉秀歌』　塚本邦雄　全五冊　文藝春秋　一九七七〜一九八七

現代歌壇の才識である著者が、アララギ派に属さない立場から茂吉短歌を検証した書。

○

『斎藤茂吉と医学』　加藤淑子　みすず書房　一九七八

長崎時代・渡欧時代を中心に、医学者としての茂吉の業績を明らかにした。

○

『斎藤茂吉伝』『続斎藤茂吉伝』　柴生田稔　新潮社　一九七九・一九八〇

茂吉に最も近い門人の一人として、茂吉の文学活動を詳細に論じた。一九七八年に読売文学賞（研究・翻訳部門）受賞。

○

『斎藤茂吉・愛の手紙によせて』　永井ふさ子　求龍堂　一九八一

茂吉の秘められた愛人であった著者が、茂吉没後十年を経て茂吉との間に交わされた手紙を公開している。本書はそれをまとめたもの。歌集『暁紅』『白桃』理解の一翼を担う。

○

『斎藤茂吉随行記　上巻・下巻』　板垣家子夫　古川書房　一九八三

太平洋戦争敗戦後、大石田での茂吉の生活を支えた著者がその日々を克明に語る。

○

『斎藤茂吉短歌合評　上下』　土屋文明編　明治書院　一九八五

「アララギ」の共同研究として同誌に九十五回に亘って連載されたものを収載し、幅広い鑑賞が見られる。

○

『「赤光」全注釈』吉田漱　短歌新聞社　一九九一

『赤光』全歌を詳細に鑑賞する。著者は『「白き山」全注釈』（短歌新聞社）で斎藤茂吉短歌文学賞受賞。

○

『青年茂吉』『壮年茂吉』『茂吉彷徨』『茂吉晩年』　北杜夫　岩波書店　一九九一〜一九九八

茂吉の次男である著者からみた茂吉像が語られる。

○

『斎藤茂吉短歌研究』安森敏隆　世界思想社　一九八八

〈歌人茂吉〉〈作品茂吉〉に対して〈編纂者茂吉〉という新たな視座を設けて、茂吉の全歌集を読みなおす試みがなされている。

○

『斎藤茂吉』　西郷信綱　朝日新聞社　二〇〇二

著者の精神史への係わりから茂吉短歌の本質を見出そうとする挑発的な茂吉論。

○

『ミネルヴァ日本評伝選　斎藤茂吉』品田悦一　ミネルヴァ書房　二〇一〇

大いなる「国民歌人」としての茂吉の虚像と実像を探る。

【付録エッセイ】本林勝夫『斎藤茂吉の研究　その生と表現』（平成二年五月　桜楓社）

『赤光』の世界

本林勝夫

『赤光』の抒情的世界は、おそらく基本的な構造においてはゼンティメンタールな文芸として成立するであろう。その歌が単なるアルカイスムの域を出て、近代的な抒情の一つの頂点を画し得たのもこういう態度にもとづくものであったに違いない。

『赤光』の歌は、暗い現実との接触から生れる暗鬱な色調に蔽われている感があり、力強い生命への翹望《ぎようぼう》にもかかわらず、現実の体験がそのまま生の讃歌につながるような作品は殆ど見られないのである。自我の脆弱性は早くから茂吉の意識せざるを得なかったものであり、人間の存在性にかかわる悲劇的な認識は、最初期の「地獄極楽図」（明三九）以来、面疱のようにその歌につきまとっている趣がある。

飯《いひ》の中《なか》ゆとろとろと上《のぼ》る炎《ほのほ》見てほそき炎口《えんく》のおど
ろくところ

罪計《つみはかり》に涙ながしてゐる亡者《まうじや》つみを計れば巌《いははほ》より重き

にんげんは馬牛《うまうし》となり岩負ひて牛頭馬頭《ごづめづ》どもの追ひ行くところ

十一首中、極楽図を詠んだものは二首に過ぎず、一連はむしろ「地獄図」に重点を置いたものと言うべきであろう。

かつて新詩社の歌人たちが短歌を「短詩」としてとらえ、そこに詩的近代の可能性を見出したことは先に触れた。しかし、そのような幸福感は、茂吉らの世代には既になかった。というよりは『赤光』は歌よみとしての狭く限られた状況の自覚、あるいはその覚悟を通して成り立っており、内容的に見ても「かなし」という感情語の氾濫する世界である。生の遂げ難さは時に悲哀の「かなし」となり、そこからくる感情はまた自愛の「かなし」ともなる。ちなみに『みだれ髪』には、いずれにもせよ、この語はただの一例しか見出すことが出来ないのである。

さだめなきものの魔《おそひ》の来る如く胸《むな》ゆらぎして街をいそげり　(此の日頃、明四四)

うらがなしいかなる色の光《ひかり》はや我《われ》のゆくへにかが

よふらむか

生くるもの我のみならず現《うつ》し身の死にゆくを聞きつつ飯食《いひを》しにけり　（うつし身、同）

よにも弱き吾ならば忍ばざるべからず雨ふるよ若葉かへるで　（うめの雨、同）

おもひ出も遠き通草の悲し花きみに知らえず散りか過ぎなむ　（折に触れて、同）

死に近き狂人を守《も》るはかなさに己《おの》が身すらを愛《は》しとなげけり

「短歌は直ちに自己の『生きのあらはれ』であらねばならぬ。従つてまことの短歌は自己さながらのものでなければならぬ。」（「短歌小言」明四四・五）と言い、「力に満ちた、内生命に直接な叫びの歌」（「童馬漫筆」（三）、明四五・六）を希求していた当時の歌が、同時にこういう暗い命の姿を反映していたのである。

『赤光』の独自性はこのような自愛と不安とに揺れ動く日常詠に始まり、次のような展開をたどって行く。

赤茄子の腐れてゐたるところより幾程《いくほど》もなき歩み

なりけり
紅蕈《べにたけ》の雨にぬれゆくあはれさを人に知らえず見つつ来にけり（木の実、大元）
さみだれは何《なに》に降りくる梅の実は熟《う》みて落つらむこのさみだれに（さみだれ）
にはとりの卵の黄味の乱れゆくさみだれごろのあぢきなきかな
猫の舌のうすらに紅き手の触《ふ》りのこの悲しさに目ざめけるかも（折々の歌）
ゆふされば青くたまりし墓みづに食血餓鬼《じきけつがき》は鳴きかゐるらむ（狂人守）
狂者らは Paederastie をなせりけり夜しんしんと更けがたきかも（折に触れて）

腐ったトマトや卵の黄味、また黄熟して土に落ちている梅の実、青く溜った墓水、——これらのイメージはどこか陰惨で、雨に濡れてゆく毒きのこの印象も狂人らの性行為も、また同様であろう。そして、この暗色を帯びた感受性を通じて、時に「赤茄子」の歌のように鋭い自意識のひらめきが見られるのである。

なまなましく強靱な神経から放射してくるこういう暗鬱な情緒には、おそらく精神病医の特殊な生活の反映もあるであろう。しかし、同時に自我の覚醒が悲哀感や孤独感に結びつかなければならないような一般的事情の反映もあるに違いない。「児童の全体が声となつて叫ぶ程の力を吾等はもはや失つて居るのを悲しく思ふ」――このような状態で万葉的な生命感との距離を自覚せずにおられなかった茂吉は、時あって言うのである。

思を深く抑へて詠歎する歌、滲み出でてくる歌、稚げな柔い思の息吹き zarter Hauch といつたやうな歌は、現在の吾等にとつてなつかしいものである。日毎に荒みゆく心の暗がりに、かすかなりともこの滋味光を希ふの念が断えない。（『童馬漫語』中「叫びの歌、その他に対する感想」、明四五・六）

阿部次郎の『三太郎の日記』が伝える精神的彷徨と、これらの言葉とが如何に近接したものであるかは明らかであろう。そして茂吉の歌もみずから言う「独詠歌」すなわち独語の歌に他ならなかった。

李紳の詩に、『鋤レ禾日当レ午。汗滴禾下土』といふ句があるが、予の『独詠歌』はこの農人の額から滴る汗のやうなものである。（同「独詠歌と対詠歌」、明四三・一二）

透徹した自己客観は鈍根の堪ふるところでない。それゆゑ予はおのれの分身をつくづくとながめて、かの浄玻璃にむかふが如く涙を落とさねばならぬ。予の歌は予の分身なれば、時たま自らの歌を読返して、なるほど此は自分かとなつかしむことがある。いとしけれども醜さの暴露である。予は万人に示さむがために歌は作りたくはない。作歌の際は願はくは他人を眼中におきたくない。『無常の世の短き生涯に、願はくはまことの己《おのれ》の一部を残したい』おのれに親しまむがためである。（同「作歌の態度」、明四五・三）

また、大正元年の一首、

かの岡に瘋癲院のたちたるは邪宗来《じやしゆうらい》より悲しかるらむ　　　　（柿乃村人へ）

こういう歌にも、我々は木下杢太郎や北原白秋らの官能的異国趣味とは出自を異する現実認識の姿、あるいは生の苦渋を見出すであろう。後年の茂吉はこの歌に関連して言う。

これはもう十二三年まへの作で、墓地から青山脳病院を見てそれを咏じたものである。しかし今おもふに、世の此の歌を読んで呉れた方々は、どうこの歌を解して呉れたかとふと思つたことがあつた。それは、私が精神病医になつてから、もう十五年も経つて、『狂人守《きやうじんもり》』などとみづから称してゐた、その気持をどう解して呉れただらうかといふのと同じである。（「癡人の癡語」、「女性」大一四・四）

病院全焼直後の心境を旧作に託して語っている文章だが、壮大にして異様な瘋癲院《ふうてんいん》は同時にまた作者の自画像をなすものだったとも言えるであろう。

寂しさに堪へて空しき我《あ》が肌に何《なに》か触れて来恋《こ》しかるもの
(陸岡山中、大元)

ひとり居《ゐ》て朝の飯《いひ》食む我《あ》が命は短かからむと思《も》ひて飯はむ
(木の実、同)

さて、『赤光』の世界はこういう孤独感を梃子《てこ》としながら、生命の否定的状況に直面したとき、それをひたすら情意の力で乗り越えようとするところに成立した。『赤光』末尾を飾る大正二年の「死にたまふ母」「おひろ」の二大連作がそれである。

なげかへばものみな暗《くら》しひんがしに出づる星さへ赤からなくに
(おひろ)

代々《よよ》木《ぎ》野をひた走りたりさびしさに生《い》きの命《いのち》のこのさびしさに

ひさかたの悲天《ひてん》のもとに泣きながらひと恋ひにけりいのちも細く

ほのぼのと目を細くして抱《いだ》かれし子は去りしより幾夜《いくよ》か経たる

うれひつつ去《い》にし子ゆゑに藤のはな揺《ゆ》る光りさへ悲しきものを

この心葬《はふ》り果てんと秀《ほ》の光る錐《きり》を畳にさしにけるかも

死に近き母に添寝《そひね》のしんしんと遠田《とほた》のかはづ天《てん》に聞《きこ》ゆる

桑の香の青くただよふ朝明《あさあけ》に堪《た》へがたければ母呼びにけり

死に近き母が目《め》に寄《よ》りをだまきの花咲きたりといひにけるかな

我《わ》が母よ死にたまひゆく我《わ》が母よ我《わ》を生《う》まし乳《ち》足《た》らひし母よ

のど赤き玄鳥《つばくらめ》ふたつ屋梁《はり》にゐて足乳《たらち》ねの母は死にたまふなり

山ゆゑに笹竹の子を食ひにけりははそはの母よははそはの母よ

(死にたまふ母)

「おひろ」や「死にたまふ母」は、茂吉の心熱が生み出した近代抒情の一頂点をなすものであった。生の否定的事件を契機に、その阻遏《そあつ》面に強烈な光をあて、「この方面より生命の源に遡」り得た「叫びの歌」に他ならず、そのことによって作者の命を見事に定着させたのであった。この種の歌に往々見られる低湿性が感じられないゆえんであろう。「おひろ」の華麗ともいうべき作柄には、ある点ではやや過剰な表現意識が働いていると見れば見られないこともない。しかしまた、実生活におけるもろもろの苦悩をあげて三十一字の微小な形式に注ぎこみ、自己のいのちを極限にまで膨れあがらせて行く――そういう関係方式がここに成立している。

『赤光』は、この二大連作によって、茂吉における「悲劇の誕生」となったものであった。短歌は彼の生を救抜するものとして、ここに明らかな定着をなし遂げているのである。

小倉真理子（おぐら・まりこ）
＊1956年千葉県生。
＊筑波大学大学院博士課程文芸言語研究科単位取得。
＊現在　東京成徳大学准教授。
＊主要著書
『別離／一路（和歌文学大系）』（共著　明治書院）
『斎藤茂吉　人と文学（日本の作家100人）』（勉誠出版）ほか。

斎藤茂吉《さいとうもきち》　コレクション日本歌人選　018

2011年2月28日　初版第1刷発行

著者　小倉真理子
監修　和歌文学会

装幀　芦澤 泰偉
発行者　池田つや子
発行所　有限会社　笠間書院
東京都千代田区猿楽町2-2-3［〒101-0064］
NDC 分類 911.08　電話　03-3295-1331　FAX 03-3294-0996

ISBN978-4-305-70618-8　印刷／製本：シナノ

（本文用紙：中性紙使用）
出版目録は上記住所または info@kasamashoin.co.jp まで。

コレクション日本歌人選　第Ⅰ期～第Ⅲ期

第Ⅰ期　20冊　2011年（平23）2月配本開始

1	柿本人麻呂	かきのもとのひとまろ	高松寿夫
2	山上憶良	やまのうえのおくら	辰巳正明
3	小野小町	おののこまち	大塚英子
4	在原業平	ありわらのなりひら	中野方子
5	紀貫之	きのつらゆき	田中登
6	和泉式部	いずみしきぶ	高木和子
7	清少納言	せいしょうなごん	圷美奈子
8	源氏物語の和歌	げんじものがたりのわか	高野晴代
9	相模	さがみ	武田早苗
10	式子内親王	しょくしないしんのう（しきしないしんのう）	平井啓子
11	藤原定家	ふじわらていか（さだいえ）	村尾誠一
12	伏見院	ふしみいん	阿尾あすか
13	兼好法師	けんこうほうし	丸山陽子
14	戦国武将の歌		綿抜豊昭
15	良寛	りょうかん	佐々木隆
16	香川景樹	かがわかげき	岡本聡
17	北原白秋	きたはらはくしゅう	国生雅子
18	斎藤茂吉	さいとうもきち	小倉真理子
19	塚本邦雄	つかもとくにお	島内景二
20	辞世の歌		松村雄二

第Ⅱ期　20冊　2011年（平23）9月配本開始

21	額田王と初期万葉歌人	ぬかたのおおきみ しょきまんようかじん	梶川信行
22	伊勢	いせ	中島輝賢
23	忠岑と躬恒	みぶのただみね おおしこうちのみつね	青木太朗
24	紫式部	むらさきしきぶ	植田恭代
25	西行	さいぎょう	橋本美香
26	今様	いまよう	植木朝子
27	飛鳥井雅経と藤原秀能	まさつね ひでよし	稲葉美樹
28	藤原良経	ふじわらりょうけい（よしつね）	小山順子
29	後鳥羽院	ごとばいん	吉野朋美
30	二条為氏と為世	にじょうためうじ ためよ	日比野浩信
31	永福門院	えいふくもんいん（ようふくもんいん）	小林守
32	頓阿	とんあ（とんな）	小林大輔
33	松永貞徳と烏丸光広	ていとく みつひろ	高梨素子
34	細川幽斎	ほそかわゆうさい	加藤弓枝
35	芭蕉	ばしょう	伊藤善隆
36	石川啄木	いしかわたくぼく	河野有時
37	漱石の俳句・漢詩		神山睦美
38	若山牧水	わかやまぼくすい	見尾久美恵
39	与謝野晶子	よさのあきこ	入江春行
40	寺山修司	てらやましゅうじ	葉名尻竜一

第Ⅲ期　20冊　2012年（平24）5月配本開始

41	大伴旅人	おおとものたびと	中嶋真也
42	東歌・防人歌	あずまうた さきもりか	近藤信義
43	大伴家持	おおとものやかもち	池田三枝子
44	菅原道真	すがわらみちざね	佐藤信一
45	能因法師	のういんほうし	高重久美
46	源俊頼	みなもとしゅんらい（としより）	高野瀬恵子
47	源平の武将歌人		上宇都ゆりほ
48	鴨長明と寂蓮	ちょうめい じゃくれん	小林一彦
49	俊成卿女と宮内卿	しゅんぜいきょうじょ くないきょう	近藤香
50	源実朝	みなもとさねとも	三木麻子
51	藤原為家	ふじわらためいえ	佐藤恒雄
52	京極為兼	きょうごくためかね	石澤一志
53	正徹と心敬	しょうてつ しんけい	伊藤伸江
54	三条西実隆	さんじょうにし さねたか	豊田恵子
55	おもろさうし		島村幸一
56	木下長嘯子	きのした ちょうしょうし	大内瑞恵
57	本居宣長	もとおりのりなが	山下久夫
58	正岡子規	まさおかしき	矢羽勝幸
59	僧侶の歌	そうりょのうた	小池一行
60	アイヌ叙事詩ユーカラ		篠原昌彦

『コレクション日本歌人選』編集委員（和歌文学会）
松村雄二（代表）・田中　登・稲田利徳・小池一行・長崎　健